光文社文庫

文庫書下ろし

霧島から来た刑事

トーキョー・サバイブ

永瀬隼《しゅん》介《すけ》

光　文　社

この作品は光文社文庫のために書下ろされました。

目次

第一章　その女、消息不明　9
第二章　肝練《きもね》り　35
第三章　闇医者　41
第四章　光次郎の告白　51
第五章　ママ、大好き　61
第六章　教祖　クロテツ　69

第七章　聞き込み　89
第八章　対　決　125
第九章　大久保公園　156
第十章　謀《はか》る警察組織　179
第十一章　総理候補、激白す　206
第十二章　狙　撃　262
第十三章　遺　書　292
解説　杉江松恋《すぎえまつこい》　309

霧島から来た刑事　トーキョー・サバイブ

第一章　その女、消息不明

痛かぁ。頭が割れそうじゃ。古賀正之《こがまさゆき》は歯をぎりっと食いしばり、せり上がるうめき声を噛み殺す。

元鹿児島県警刑事、六十四歳。修羅場《しゅらば》はそれなりに潜《くぐ》ってきたとの自負《じふ》はあるが、これはいかん。左側頭部が灼《や》けるように熱い。拍動に合わせて太い激痛がドクン、ドクン、と脈打ち、身体《からだ》の芯に重く響く。いつの間にか、フローリングの床につっ伏していた。気を失っていたのか？

正之は片肘をつき、うなり、芋虫のように短軀《たんく》をよじり、上体を持ち上げる。が、途中で力尽き、ごろんと仰向けに転がる。眩《まぶ》しい。天井のライトが目を射る。はあ、はあ、と炎天下の老犬のごとき、己の荒い息遣いが頭蓋《ずがい》に響く。呼吸の度《たび》に、汗と安物の香水、濃いタバコの臭いが鼻腔《びくう》を刺す。刑事の本能が蠢《うごめ》く。息を浅く吸い、止め、臭気を分析してみる。大麻《たいま》タバコも若干、あり。つまり、堅気《かたぎ》の空間ではない。

へへっ、と下卑《げび》た笑いが聞こえる。黒い人影が二つ。揃《そろ》って、ホトケを検分する刑事のように見下ろしている。正之は目を凝《こ》らす。が、翳《かげ》った表情は共に判別不能。こいつら、だれじゃ？　ここはどこか？　濃霧がたなびくような頭で考える。判《わか》らん。黒々とした困惑が渦《うず》を巻く。

「おっさん、調子こいてんじゃねえぞ」

半笑いのざらついた声が降ってくる。

「殺しちゃおうか」

共に二十代半ばの男性、荒っぽい言葉のイントネーションは標準語。つまり、ここは鹿児島じゃなか？　なら、どこか？

大の字に転がったまま、正之は首を回して周囲を確認。安っぽいマンションの一室。ダイニングキッチンに、粗末なテーブルと椅子。正之が転がるリビングには事務デスクが五台。古びたソファセットがあり、壁に沿って、スチールの書類キャビネットが並ぶ。生活臭は限りなく希薄《きはく》。なんらかの事務所か？

「きさまら、名を名乗らんか」

正之はかすれ声を励まして言う。

「おいのようなおんじょ（年寄り）をもっそな（とても）イジメて、そげん楽しかのか？　どげな心持ちならこげんことがでくっとか？」

二人は顔を見合わせ、肩をすくめ、

「おっさんの方言、訛《なま》りが強くてよく判らないんだけどさ」

片方が屈み込んでくる。坊主頭に、世間を舐《な》め切った浅黒い面《つら》。筋トレが趣味なのか、白のシルクシャツがはち切れんばかりの分厚い胸板と、逞《たくま》しい二の腕。太い首をぐるりと巻く龍の入れ墨と、ゴールドのネックチェーン。見るからにガラの悪いマッチョマンは目を細めて囁《ささや》く。

「あんたが殴り込んできたんじゃん」

殴り込み？　この霧島《きりしま》のおんじょが？　まったく記憶にない。坊主頭は苛《いら》立たしげに続ける。

「女を出せ、あさのやよいがここにおるだろ、さっさと出さんかっ、と物凄い勢いで怒鳴り込んできただろうが」

あさのやよい、浅野弥生――瞬間、バチンッ、と目の裏で火花が散る。頭を覆《おお》っていた濃い霧がすっと、どこかへ吸い込まれるようにして晴れる。そうじゃ、電話じゃ。あんにせ（あの若者）から、電話が入ったのはいつだ？　今日？　いや、あれは昨日か。

錆《さ》びついた古モーターに突如、電気が流れたごとく、がんたれ（ポンコツ）脳みそが音を立てて回り出す。

昨日、つまり三月十四日、夜。霧島の自宅だ。庭に面した和室で、自家製の豚味噌を肴《さかな》に、イモ焼酎のお湯割りで〝だいやめ〟を飲《や》りながら、仏壇で微笑む慶子《けいこ》の遺影をぼんやり眺め――いや、違う。昨夜はだいやめを飲りつつ、座卓に置いた便箋に万年筆で己の胸中をひと文字、ひと文字、刻んでいたのだ。

傍らにはライフルが一丁。銃身にガンオイルを吹き付け、銅製のブラシで丁寧に磨き上げ、空撃ち点検も終えた、いつでも発射可能な猟銃だ。明日、三月十五日でイノシシの猟期も終わり。振り返れば、今シーズンは一頭のイノシシも仕留めていない。当然だ。定年退官後の趣味として愉《たの》しんできた猟に、ただの一度も出ていないのだから。妻、慶子の突然の死から早や五カ月余り。いろんなことがあり過ぎた。

猟期最終日の明日こそはこのライフルを携《たずさ》え、深い霧島の山へ分け入り、と様々な想いを噛み締めつつ、万年筆を手に、便箋に向かっていると、中廊下の電話が鳴った。よっこらしょ、と腰を上げ、だいやめの酔いにふらつく足で廊下を歩き、受話器を取る。はい、古賀、といつものように名乗ると、受話器の向こう、息を呑む音がした。不自然な沈黙が流れる。間違い電話か？　それとも高齢者を狙ったオレ詐欺の悪党が様子をうかがっておるのか？　身がまえ、だれじゃい、と怒鳴ると、あのー、と困惑に満ちた小声が聞こえ、

「おやっさん、ですよね」

一発で判った。滝川光次郎《たきがわこうじろう》。東京での一連の騒動の後、正之が後見人《こうけんにん》的立場で面倒を見てきた、ケンカ上等、怖いもの知らずの元極道《ごくどう》である。

光次郎、どげんしたか、と返しながら、疑念も湧く。電話をかけてきた当人が、なぜかひどく戸惑っているような。

が、次の言葉ですべてが吹っ飛んだ。

「おれ、どうしていいのか判んなくて」

らしからぬ気弱な言葉が、コトの深刻度を物語る。

「なにがあった。言うてみい」

正之は受話器を握り締め、次の言葉を待つ。

滝川光次郎は四年前、師匠と慕う幹部と共に暴力団を離脱。師匠が運営する六本木の経営コンサルタント会社で秘書のようなことをやっていたが、五カ月前、正之が間に入り、関係を絶ってやった。以来、実の父親のように慕い、一人暮らしの正之を心配して、時折、東京から電話をくれる。が、今夜は様相が違うようだ。

「女が拉致《らち》された」

なんだと。一気にだいやめの酔いが、熱したフライパンに垂らした水滴のごとく蒸発。

「おれ一人じゃどうしようもなくて」

押し殺した嗚咽《おえつ》が聞こえる。正之は冷静に促す。

「泣いておってもしょん（仕方）なか。詳しく話してみんか」

光次郎が涙ながらに語ったことを要約すると、こうだ。

恋人は新宿歌舞伎町《かぶきちょう》で働く人気キャバクラ嬢だが、光次郎が引き起こしたトラブルが元で半グレグループに拉致されてしまった、と。

トラブルの内容を問うと、途端に口籠《ごも》ってしまった。それでも重ねて問うと、渋々告白した。曰《いわ》く、現在、自分は水商売関係の女のスカウトを生業《なりわい》としているが、上玉《じょうだま》の取り合いで半グレグループとぶつかり、トラブルになったという。フリーの一匹狼がイモを引けばその日からバカにされ、だれにも相手にされず、おまんまの食い上げ、と一歩も引かず、首尾《しゅび》よく上玉を取り込んだ上でつっぱり通したところ、おまえの女をさらってやる、と凄《すご》まれた。よくあるワルの脅し文句、所詮《しょせん》口だけ、と右から左に聞き流していたが、恋人は昨夜、キャバクラ勤務を終え、店を出た後、消息不明に。携帯に連絡を入れても出ないという。

「待っちょれ」

するっと言葉が出た。受話器の向こうで絶句する気配。当然だ。東京と鹿児島。が、いったん口に出してしまえば、それ以外の方策は考えられない。正之は膨《ふく》れ上がる熱いものに背を押され、強い口調で言う。

「おいが東京へ行っど。待っちょれ」

頭で段取りを計算。飼育している薩摩鶏《さつまどり》の世話は隣家のばあ様に頼むとして、問題は明日夕の地区の寄合《よりあい》だ。自治会長に欠席届の要があるが、齢《よわい》八十の、元小学校校長のうるさ方だけに、電話一本で済ます、というわけにはいかない。ここは都会とは違う。濃厚な地縁血縁と、互助《ごじょ》の精神で成り立つ、草深い田舎のちっぽけな集落だ。焼酎の一本もぶら提げて直接自治会長宅を訪ね、急な欠席を詫びる必要がある。朝のラジオ体操から帰宅したころを見計らい、訪ね、頭を下げれば問題ないだろう。とここまで思案し、苦笑した。なにをいまさら。この期《ご》におよんで融通の利《き》かない石部金吉《いしべきんきち》の己に呆れ、朗《ほが》らかな声で告げる。

「明日、飛行機で向かう。午後の早い時間、羽田《はねだ》に着くはずじゃ。大船に乗った気でおればよか」

「いや、おれ、そこまで期待してないから」

裏返った早口で言う。意外な展開に激しく動揺している。

「おやっさんに話を聞いてもらうだけで十分だから。もう気持ち、落ち着いたよ。ありがとう。おれ、なんとかするし。ぜーんぜん大丈夫だよ。じゃあ」

慌《あわ》てて通話を切ろうとする元極道を一喝《いっかつ》。

「狼狽《うろた》えるんじゃなかど」

自分でも驚くくらいの大声が出た。

「愛するおなごの危機じゃろうが。男ならごちゃごちゃ言わんと、泰然《たいぜん》とかまえんか。はしっと（しっかりしろ）せい」

妙に高揚《こうよう》していた。久しく忘れていた熱い血が滾《たぎ》る。自分が自分でないような。明日、東京到着後、携帯で連絡を取り合うことを約し、電話を切った。火傷《やけど》しそうな昂《たかぶ》りを抱え、和室に戻り、座卓の前にどっかと座る。ん？　まだインクも乾かない便箋を取り上げ、目を這《は》わす。息を呑む。額の奥がじりっと灼ける。元鹿児島県警刑事は怒った獣《けもの》のようにうなり、便箋を丸め、ゴミ箱へ叩き込む。じゃが、決意は変わらんど、と独り言。微笑む慶子に目をやる。もう決めたとじゃ。おいはなんの迷いもなかど。

その後の展開は——。フィルムを逆回しするように、上京後の己の手前勝手な行動が甦《よみがえ》る。猪突猛進《ちょとつもうしん》。後先を考えぬ、ほがねわろ（知恵の無い野郎）。

「なに、笑ってんだ？　ああ」

片割れのドレッドヘアが凄む。大型冷蔵庫のような巨体に、だぼっとした黒のヨットパーカー。右手に持つ鉄パイプを、威嚇《いかく》するように軽く回しながら覗き込む。酷薄《こくはく》な目が鋭くなる。

そう、玄関先で、この見上げるような大男と押し問答になったのだ。脛《すね》に幾つも傷持つ半グレは、騒ぎを嫌ったのか、おっさん、とりあえず中へ入れ、とドアを閉め、隙《すき》を見て鉄パイプをひと振り。問答無用で凶器を使うなど想定外、端《はな》っから頭になかった。鹿児島の元刑事はあえなく昏倒《こんとう》。首都東京のワルを甘くみたツケだろう。おかげで、こげな無様《ぶざま》なことになってしまった。

ドレッドヘアは唇をゆがめて冷笑。ヤンキー座りの坊主頭もニタニタ笑っている。

ドレッドヘアは嵩《かさ》にかかって言う。

「おっさん、恐怖でパニックか？」

なにを抜かすか。

「ただおかしかだけよ」

ドレッドヘアは大仰《おおぎょう》に首をかしげ、なにがおかしかのか？　と妙なイントネーションで揶揄《やゆ》し、バカ笑いを轟《とどろ》かせる。正之はかすれ声を張り上げ、

「きさまら性悪《しょうわる》の悪党どもにこげな（このような）目に遭わせられた、わっぜ（すごく）バカなおんじょよ。つくづく、おかしかなあ」

おっさん、と坊主頭が組み合わせた両手の指をポキポキ鳴らしながら割って入る。

濁った目に殺気が漂う。

「どこへ殴り込んできたのか判ってるのか？」

どこへ？　考える。たしか——大久保《おおくぼ》じゃ。新宿歌舞伎町の近く。メインロードの左右に韓国の食料品店や雑貨屋、洋服ショップが軒を接して並ぶ、日本屈指のコリアンタウン。賑《にぎ》やかな通りから一歩入った路地に建つ、この骨董品のような古マンション三階の角部屋が、半グレグループ『バッドガイ』のアジトだ。

「あんた、おれらの怖さ、判ってねえだろ」

「そげなことはなかよ」

正之は返す。

「ヤクザより怖かワル、新時代のクールな悪党じゃろが」

ほう、と坊主頭がまんざらでもない表情になる。正之は間延びしたその間抜け面に、とっておきの言葉を撃ち込む。

「あくまでも自称じゃけどな」

瞬間、坊主頭の顔が潰した粘土のようにゆがみ、怒声が爆発、舐めるな、と叫ぶなり、コートを両手でつかみ上げ、ダイコンでも引っこ抜くように軽々とリフトアップ。呆れるばかりの怪力だ。がっちりした短軀《たんく》、鹿児島弁で言うところの〝横ばい（小太り）のこじっくい（背が小さい）〟の元刑事は、ワルのマッチョマンに胸倉を絞られ、つま先立ちを余儀《よぎ》なくされる。

茹《ゆ》で蛸《だこ》のような真っ赤な面が迫る。

「おっさん、おれら、人殺しなど屁とも思ってねえんだよ」

唇をへしまげ、耳障りなしゃがれ声で凄む。

「殺して解体して、秩父《ちちぶ》か奥多摩《おくたま》の山奥に埋めちまえば、死体無き殺人が一丁上がりだ。落ち目のヤー公なんかと一緒にすんな」

善良な市民なら震え上がり、命乞いをし、小便を漏らすかもしれん。が、こっちはなにはなくとも太か肝っ玉、元鹿児島県警じゃ。きさまこそ舐めるのもたいがいにせえ。

おいはねえ、と正之は穏やかに語りかける。

「人殺しを屁とも思わん悪党どもを何人も叩きのめし、ブタ箱にぶち込んできたとよ」

なにぃ、と坊主頭のほおがぴくつく。血走った眼球がぐるりと回り、隣のドレッドヘアに目配せ。

「タツ、このおっさんの身元、判るか？」

いいえ、とタツなるドレッドヘアは鉄パイプで己の首筋を指圧するように軽く叩きながら、

「ぶちのめした後、所持品、チェックしましたが、財布だけです。現金二万と少し。携帯も運転免許証も、クレジットカードもありません」

マジかよ、と眼前の坊主頭が囁く。正之は胸倉をつかまれたまま、朗らかに応《こた》える。

「マジもマジ。いつもにこにこキャッシュオンデリバリーと、リモートに断固反対の、昭和アナログ親父ならではのフェイスツーフェイスが信条よ」

二人、息を詰める。目の前の冴《さ》えないおんじょが急に不気味になったのだろう、共に困惑の色が浮かぶ。

「あんた、なにものだ？」

坊主頭が喘《あえ》ぐように問う。正之はここぞとばかりに攻め込む。

「おいは元鹿児島県警よ」

けんけい、と坊主頭が目を見張る。ドレッドヘアも喉仏を上下させて凝視《ぎょうし》する。

霧島のおんじょは穏やかに告げる。

「所轄《しょかつ》の副署長で定年退官したで、高卒としてはまあまあの出世じゃち自負しとる」

部屋の空気が緊迫する。正之は二呼吸分の間をおき、余裕たっぷりに付言《ふげん》。

「勘違いすな。いまは霧島で農作業に精を出す、独り暮らしのおんじょじゃ」

あんた、と坊主頭は横ばいのこじっくいをリフトしたまま、喘ぐように問う。

「鹿児島から、か？」

「そうじゃ、今日の昼間、羽田に到着したとよ」

二人、ますますわけが判らない、とばかりに顔を見合わせる。

「簡単な打ち合わせの後、おいはここへ直行よ。一秒も無駄にはできん、ち思うてな」

坊主頭は眉間に筋を刻み、さっきの、と問いを重ねる。

「あさのやよいって女はだれだ？」

正之は正面から目を据えて返す。

「浅野弥生とはつまり、歌舞伎町のキャバクラ『ラッキー恋々《こいこい》』のナンバーワンギャル、ジュリアさんよ」

じゅりあ、と二人の口が動く。胸倉をつかむ両手が震える。動揺の色、あり。

「そう、ジュリアさん、滝川光次郎の大事な彼女じゃ」

光次郎の名を出した途端、両手がこわばる。坊主頭のマッチョマンは棒立ちになる。咄嗟《とっさ》にどう対処すべきか、判らないようだ。ここらが潮時だろう。正之は動揺する目を、きさん（きさま）、動くなよ、と胸の内で唱えて見据え、右足を軽く引くや、気合一閃、蹴り上げる。ノーガードの股間に炸裂《さくれつ》。筋肉の鎧《よろい》をまとった坊主頭はあっけなくうめき、両手を離し、腰を折る。

てめえっ、ドレッドヘアが鉄パイプを横殴りに、バットを力任せにぶん回す剛腕スラッガーのように振ってくる。ぶん、と空気がうなる。

正之は短軀を屈《かが》め、鉄パイプを透かすと同時に足払いを食らわす。ドレッドヘアは水平になり、背中から落ちる。ぐえ、と蛙《かえる》が踏み潰されたような哀れな声を漏らし、巨体をよじる。からん、と鉄パイプが転がる。拾わねば、拾って二人を制圧しなければ、と頭では判っても、身体が動かない。愕然《がくぜん》とした。全身が砂を詰めたように重い。気持ちはあれど、身体がついていかん。

壁に手をつき、崩れそうな短軀を支える。体力がごっそり奪われ、エンスト寸前だ。不意打ちで食らった鉄パイプのせいだ。肩を上下させ、ぜいぜい、と荒い息を吐く。

「頭、かち割ってやる」

ドレッドヘアが四つん這いになり、鉄パイプをつかみ直す。その野生動物のごとき回復力に驚き、呆《あき》れている間に、巨体がぬっと腰を上げる。悪鬼の形相《ぎょうそう》で迫る。あっという間に形勢逆転、万事休す。

「やっちまえ、タツ」

坊主頭が股間を両手で押さえ、脂汗《あぶらあせ》を垂らしながら檄《げき》を飛ばす。

「もう手加減はいらねえぞ。田舎もんのジジイの脳みそ、ぶちまけちまえっ、おれが許す」

おまえごとき三下《さんした》においの生命《いのち》を左右する権利はなかど。怒りが桜島《さくらじま》の噴火のごとく燃え上がる。

「口ばっかいのよたもん（口先だけの悪党）が、どっからでもこんか」

正之は両腕を上げ、腰を落とし、身がまえる。が、格好だけだ。いまはパンチひとつ、まともに打てない。

「ボス、一発でスイカみてえに砕いてやりますよ」

ドレッドヘアが鉄パイプを振り上げる。ボス、と呼ばれた坊主頭は満足げにうなずく。正之は歯を嚙み、睨《にら》みつける。慶子、と声に出さずに告げる。よう見とけ、武運拙《つたな》く、死ぬときは前のめりよ。

ん？　空気が震えた。チャイム。インタフォンだ。ワル二人、動きが止まる。さらにチャイムが苛立たしげに、連続で鳴る。坊主頭があごをしゃくる。ドレッドヘアは壁の受話器を取り上げる。耳に当て、五秒後、眉間が狭まる。不快と苛立ち。

ボス、と受話器を胸に当てて言う。

「外が騒がしいようです」

サツか？　坊主頭が問う。いえ、とドレッドヘアは太い首を振り、「とにかくドアを開けてくれ、と言っていますが。直接話したいようです」

外の見張りの連中だろう。たしか三人、目付きの悪いのがいた。正之の脳裏を不吉なものがよぎる。もしかして、光次郎か？　元鹿児島県警刑事の暴走を心配し、おっとり刀で駆け付けた——。いかん。光次郎一人ではどうもならん。多勢に無勢、蟷螂《とうろう》の斧《おの》じゃ。部屋に押し込められ、リンチを食らうのが関の山じゃ。

「開けてみろ」

はい、とドレッドヘアは受話器を戻し、玄関へ。右の手で油断なく鉄パイプをかまえ、左手でドアのロックを解く。太いチェーンががっちり嵌《は》まったドアをそっと開ける。

タツさん、すんません、と男の声。ドアの間から、スカイブルーのブルゾンに金髪の男が眉を八の字にして訴える。

「おれ、取り込み中でダメだと言ったんですけ——」

言葉が止まる。顔が赤く膨らみ、目が充血、口がぱかっと開き、喉がグエッと鳴る。背後に大きな人影。何者かがブルゾンを絞り上げている。金髪の顔は赤から紫へ。眼球がひっくり返り、口から白い泡を吹く。失神《しっしん》寸前。

異常を察知したドレッドヘアはドアを閉めようとしたが、遅かった。バチン、とチェーンがはじけ飛ぶ。グローブのようなでっかい手がドアを一気に引き開け、半死半生の金髪の尻を蹴り飛ばす。馬の蹴りのようなド迫力だった。

哀れ、金髪はコンクリート張りの玄関に、ダイビングするように叩きつけられ、白目を剝《む》いて失神。その背中を焦げ茶の高級な革靴が容赦なく踏みつける。凄みのある野太い大声が響く。

「くされガキどもがあ」

ソフト帽を目深《まぶか》にかぶり、ストライプのダブルスーツをりゅうと着込んだ大柄な男が入ってくる。昔、映画で見たシチリアマフィアそっくりの風体《ふうてい》。正之は困惑した。だれだ？　こんな洒落《しゃれ》たワルは知らんど。

男は指でソフト帽を押し上げる。腫《は》れぼったい目に武骨《ぶこつ》なあばた面。全身から漂う濃い怒気。こいつは――。

「調子に乗るんじゃねえぞっ」

割れ鐘《がね》のような大声が轟《とどろ》く。

「ラクしてカネも欲しい、いい女も抱きてえ、いかしたクルマも転がしてえ、ハンチクな野郎どもが極道を見下《みくだ》してるんだってな。寝言は寝て言いやがれっ」

鬼の形相でまくしたてる。

「おれはとっくに極道を辞めたが、まだおまえらの四、五人、屁でもねえぞ」

そう、極道の元大幹部、いまは無き日本一の武闘派組織『桐生連合《きりゅうれんごう》』(昨秋解散)で若頭《わかがしら》補佐を務めた朝倉義勝《あさくらよしかつ》である。

あの衝撃が甦る。場所は六本木の朝倉のオフィス。裏街道でくすぶる半グレ連中にまっとうなビジネスのイロハを指南するという『朝倉コンサルタント事務所』だ。この、一風変わった私塾のような一室を、警視庁組対《ソタイ》刑事の内海敏明《うつみとしあき》に導かれ、慶子と共に訪ねたときだ。刑事の内海を認めるや、躊躇《ちゅうちょ》なくつっかかる荒っぽい半グレに唖然《あぜん》、呆然《ぼうぜん》。鹿児島ではまずお目にかからない、ド外れたこの乱暴者を瞬時に打ち倒してみせた朝倉。プロの凄まじいケンカ技を眼前で見せつけられ、正之は驚愕《きょうがく》した。が、慶子は激怒し——。

「なんだ、てめえは」

ドレッドヘアが両手に握った鉄パイプをかまえ、目を血走らせて凄む。朝倉は不敵な笑みを浮かべ、おれはなあ、と立て板に水で返す。

「世のあぶれもんを集め、その腐った性根《しょうね》を叩き直し、お天道《てんとう》さんの下を大手を振って歩けるようにしてやる、心優しき救世主だよ」

はあ、と首をかしげる。朝倉は逞《たくま》しい肩をすくめ、

「おめえらみたいなアホバカはこっちから願い下げだがな」

一歩、二歩と距離を詰める。ドレッドヘアはヤニで汚れた歯を剝き、

「これ以上、入ってくるとぶっ殺すぞ」

言葉は勇ましいが、腰が引けている。

「上等だ、やってみろ」

相手の力量を見切ったのか、百戦錬磨の朝倉は両手を掲げ、

「おれは素手だぞ。ほら、こいよ」

唇をゆがめて嘲笑。

「それとも怖いか？　図体ばかりでけえ、このチキン野郎が」

ふっ、と空気が揺れた。ぶち切れたドレッドヘアが突進する。決死の表情で吠え、鉄パイプの切っ先で喉元を狙う。殺す気だ。が、緊張と恐怖で身体が固い。必然、乾坤一擲《けんこんいってき》の突きもスピードが鈍る。

一方、避暑地の別荘でくつろぐ富裕層のようにリラックスした朝倉は、突き込んできた鉄パイプの軌道を冷静に見極め、左上腕で弾くや、がら空きのボディへ右膝を叩き込む。カウンターのニーキックが胃袋を深々と抉《えぐ》る。ドレッドヘアは目をピ

ンポン玉のように丸く剥き、巨体をくの字に折る。元武闘派極道はその首筋に鋭角にまげた肘を落とす。ガツッ、と硬い音。瞬時に意識を断ち切られたドレッドヘアは頭から床に倒れ込み、糸の切れたマリオネットのようにピクリとも動かない。

一片の無駄もない、流れるような動きだ。改めて、日本一の武闘派組織で現場を仕切った男の戦闘能力の高さを思い知る。

マジぶっ殺す、と裏返った声が疾《はし》る。ボス、ことマッチョマンの坊主頭だ。尻ポケットから右手を抜き出す。革製の鞘《さや》に納めたハンティングナイフ。鞘を払い、腰を落とし、ナイフをかまえる。鋼《はがね》がライトを反射し、鈍く光る。目を吊り上げた決死の形相と、震えるナイフ。格好は一人前だが、追い込まれ、てんぱっている。

一方、朝倉は力みのない自然体で突っ立つ。

「ここを抉れよ」

岩のような右拳で己の胸を叩く。ぱん、と乾いた音が響く。

「心臓を深く刺せ。失敗したら、おれはおまえを殺すからな。息がある限り、殺しにいく。覚悟してこい」

坊主頭の顔が真っ青になる。さあ、こいよ、と嵩《かさ》にかかった朝倉はひとさし指で招く。

「クソガキ、こないならおれから行くぞ」

磨き上げた革靴を踏み出す。鏡のようなボディが場違いな深みのある輝きを放つ。追い詰められた坊主頭は、こめかみに青筋を立て、気合とも悲鳴ともつかぬ奇妙な大声を張り上げ、ナイフを腰だめに体当たりを試みる。人体でもっとも大きな的《まと》である腹部を狙った捨て身の一撃。ナイフで生命《タマ》を獲りにいく際のセオリーである。が、朝倉のステゴロ術はその上をいく。

大柄な身体に似合わぬ巧みなサイドステップで体当たりを透かし、ナイフに空を切らせる。標的を失ったマッチョマンが無様に泳ぎ、たたらを踏んだ刹那《せつな》、朝倉は半身をひねり、右拳を放つ。凄腕のマタドールが猛り狂った闘牛に突き込む、剣にも似た一閃がこめかみをカウンターでとらえ、振り切る。ベアナックルのフィニッシュブロー。坊主頭は懺悔《ざんげ》する咎人《とがにん》のように両膝を折り、のけぞり、ナイフを落とし、どおっと背後へ倒れ込む。鍛え上げたマッチョボディが長々とのびる。

半グレ幹部二名をあっさり打ち倒した朝倉は藤紫のネクタイを整え、乱れたソフト帽をかぶり直し、ふうっと息を吐く。首を回し、正之を見る。冷たい鉛《なまり》の目に嘲《あざけ》りと憐憫《れんびん》がある。

「なにやってんだよ」

「すまんね」

頭を下げ、正之は問う。

「光次郎はどこかな」

言葉が終わらないうちに、おやっさん、とか細い声がかかる。玄関に濃紺スーツの優男がいた。滝川光次郎だ。眉目秀麗《びもくしゆうれい》な色男が、いまはほおを腫らし、切れた唇から血を滲《にじ》ませ、惨憺《さんたん》たるありさまだ。半グレにやられたのか、あるいは——。

「見せろ」

朝倉が歩み寄ってくる。表情が険しい。正之はとっさに身がまえる。

「頭だよ。血ぃ出てるぞ」

ああ。鉄パイプを食らった左側頭部。朝倉は慎重に指で探り、顔をしかめ、縫わなきゃダメだな、と独り言《ひとご》ちる。いや、医者はまずい。

「蛇の道は蛇だ。おれに任せろ」

こちらの胸中を察したように言うや、

「退散だ。行くぞ」

返事も待たず、逞しい背を向け、玄関に向かう。緊張の面持ちで一礼し、控える光次郎の肩を、邪魔だ、と平手で突き飛ばし、大股で出て行く。光次郎は壁に激突、肩を押さえ、悄然《しょうぜん》とうつむく。

「光次郎、手間をかけたね」

いいえ、と首を振る。赤く腫れたほおが痛々しい。

「おやっさん、これを」

ブルーのハンカチを差し出す。

「頭を押さえたほうがいい」

ああ。受け取り、そっと側頭部に当てる。部屋の外に出て吹きっさらしの開放廊下を歩く。春まだ浅い夜、肌寒い風が火照《ほて》ったほおを嬲《なぶ》る。

暗い階段を下りる。前を行く朝倉が立ち止まる。踊り場だ。おまえら、と低い声が這う。正之は目を凝らす。踊り場にうずくまる人影が二つ。ごつい革のボマージャケットの二人組。外で見張りに立っていた連中だ。床に血だまりがある。

「アジトで幹部連中が伸びている。行け」

あごをしゃくる。二人、壁を伝って腰を上げ、おぼつかない足取りで階段を上る。すれ違う際、正之は二人の表情を確認。息を呑む。拳と蹴りを散々食らったのだろう、人相が判らないくらい、ボコボコにされ、鼻血を垂らしていた。

ゴミどもが、と吐き捨て、歴戦の元武闘派極道は階段を踏む。

「朝倉さんに助太刀を頼んだのか？」

正之の問いに、光次郎は小さくうなずき、

「先生しか頼るあてがなかったから」

蚊の鳴くような声で答え、失礼します、と駆け下りて行く。正之は重い罪悪感を抱えて階段を歩く。脳裏に甦る、霧島の滝川光次郎。

第二章　肝練《きもね》り

慶子が亡くなって一週間余り後《のち》、訪ねてきた光次郎は、霧島に三日間滞在した。朝倉を恐れ、その日のうちに東京へトンボ返りしようとする若き元極道を引き留め、正之は朝倉に電話を入れた。香典の礼を述べ、朝倉の悔やみの言葉に感謝の意を示した後、ものは相談だが、と切り出した。「光次郎の将来を考え、ここらで縁切りをしてくれんか」と。朝倉は十秒ほど沈黙した後「あんたに任せた」とだけ告げ、通話を切った。四の五の言わぬ潔さに感服し、少し湿った声音に、元大物極道のやせ我慢の矜持《きょうじ》、美学めいたものを感じた。

光次郎の霧島滞在中は名所を案内して回った。

激動の幕末期、寺田《てらだ》屋騒動で負傷した坂本龍馬《さかもとりょうま》が妻お龍《りょう》と共に逗留、傷を癒《いや》したことで有名な塩浸《しおひたし》温泉に浸かり、天孫降臨《てんそんこうりん》伝説で知られる高千穂峰《たかちほのみね》に登り、朱塗りの神殿が美しい〝鹿児島一のパワースポット〟霧島神宮へ参拝。

鹿児島市にも足を延ばし、総合病院で看護師として働く娘、涼子《りょうこ》と合流。南九州最大の繁華街天文館《てんもんかん》で無敵、ダントツと評判の鹿児島ラーメンを食べた後、城山《しろやま》町の西郷隆盛《さいごうたかもり》像まで散策。次いで市内を縦横に走る市電を使い、甲突川《こうつきがわ》沿いの加治《かじ》屋町《やちょう》を訪ねた。

この、周囲二キロの小さな町からは、西郷隆盛、大久保利通《おおくぼとしみち》をはじめ、隆盛の実弟の西郷従道《つぐみち》、従兄弟《いとこ》の大山巖《おおやまいわお》、それに東郷平八郎《とうごうへいはちろう》、樺山資紀《かばやますけのり》、山本権兵衛《やまもとごんべえ》など、幕末から明治にかけて活躍した英傑を多数輩出《はいしゅつ》しており、かの司馬遼太郎《しばりょうたろう》が〈明治維新から日露戦争まで、一町内でやったようなもの〉と述べた、極めて特異な土地である。

各人の生家跡を案内して回った後、光次郎に感想を問うと、うーん、と首をかしげ、みなさんとっても偉くて優秀なひとなんだろうけどさ、と前置きしてこう言い放った。

「こんだけ狭い町で国を動かす有名人がばんばん出たってことは普通じゃないよね。やっぱ地元の先輩後輩、身内の関係もあったんじゃねえの。同郷のよしみっていうのかな。おまえ、おれの下で気合入れて一発でかいシノギやってみろ、おれがケツ持って、だれにも文句言わせねえから遠慮なくやれ、人もカネもばんばん使え、とかさ。それで思わぬ功績を上げて、どかんと出世したひともいると思うよ。ヤンキーが地元の後輩を贔屓《ひいき》にすんのと同じ気がするな。おれ、学がなくて、気の利いたこと言えなくて申し訳ないけどさ」

なにぃ。ヤンキーと我が薩摩の英傑を一緒にするとは言語道断、話にならん——。

が、涼子は感心の面持ちで、

「光次郎くん、面白い意見だね。鹿児島で生まれ育つと、教科書とか解説文の内容から飛躍できんけど、外の人はそういう常識にとらわれない見方もできるんじゃね。すごーい、目から鱗《うろこ》だわ」

いや、それほどでも、と光次郎は柄にもなく照れていた。正之は若い者たちの自由すぎる発想についていけず、ならば、と薩摩武士ならではの、とっておきの逸話を披露した。

「肝練《きもね》り、ちゅうのがあってな」

きもねり？　と光次郎が首をかしげる。涼子は、そらはじまった、とばかりに口に手を当て、笑いを堪《こら》えている。

「一種の度胸試しよ。若か衆《し》が飲んかた（宴会）をすっとき、余興《よきよう》でやっとじゃ」

「度胸試しが飲み会の余興って、どういうこと？」

正之は説明する。

「全員が車座になって焼酎を飲み、肴を食らうなか、火縄銃を天井から綱《つな》で水平に吊り下げ、火縄に点火すっとよ」

光次郎の喉仏がごくりと上下する。

「最後、綱によりをかけ、こう――」

右手で勢いよく回す仕草をする。

「ぐるんと回すっと」

口を半開きにして絶句する元極道。

「やがて火皿に点火して、どっかーん、と鉛弾《なまりだま》が飛び出すわけじゃ」

光次郎は喘ぐように言う。

「運が悪ければ――」

正之は深くうなずく。

「その場のだれかが即死じゃな。運がよくても大怪我は免《まぬか》れんだろ。避けようち身体をひねったり、怯《おび》えた顔をするわろ（野郎）はやっせんぼ、つまり弱虫とバカにされ、殴る蹴るの折檻《せっかん》を受ける。薩摩人にとって最大の屈辱《くつじょく》じゃ。最後まで笑って楽しんで焼酎を飲まないかん。運悪く死んだ仲間のことを悲しんでもいかん」

すっげー、と光次郎が目を丸くして言う。

「それって薩摩版ロシアンルーレットじゃん」

「光次郎くん、やっぱ冴えとるね」

涼子が感心の面持ちで応じる。光次郎は二枚目面を火照らせ、心底驚いた、とばかりに「極道もマフィアも裸足で逃げ出す度胸試しだね。薩摩武士が戦場で無類の強さを誇ったのも判る気がするな」

わっぜ（とても）気分がいい。じゃあ、これはどうだ。

「もっと凄か度胸試しもあってな。ひえもんとり、ち言うて」

ん？　涼子が正之の手に触れ、厳しい顔で、

「おとうさん、そこまでじゃ。ひえもんとりは東京んひとがもっそな（とても）たまがいやっが（驚くでしょう）」

だな。高揚していた熱が引いていく。光次郎もただならぬ雰囲気を察したらしく、背を向け、甲突川の滔々《とうとう》たる流れを眺める。調子に乗った己を恥じ、涼子は慶子に似てしっかりもんじゃ、と痛感する出来事だった。

夕食は老舗の薩摩料理屋を予約。囲炉裏《いろり》に自在鉤《じざいかぎ》のある個室で鶏刺《とりさ》しと豚骨《とんこつ》、鶏のゴテ（腿《もも》）焼き、酢味噌で食うキビナゴの刺身を肴に焼酎を飲《や》り、〆《しめ》に薩摩汁を堪能、夜遅く霧島へ。慶子の仏壇の前に布団を並べて寝た。

鹿児島空港から帰京する際、光次郎は顔に朱を注ぎ、正之の手を固く握り締めて、おれは生まれ変わった、この先、おっかさんの死を無駄にしない生き方をしてやる、と己の決意を口にした。帰京後は改めて、人生の恩人、そして師匠である朝倉に直接会い、自分の言葉でこれまでの感謝を述べ、己の覚悟を言葉を尽くして説く、とも。

決死の思いで袂《たもと》を分かった朝倉に対し、頭を下げ、助けを求める屈辱はいかばかりか。すべては、この元鹿児島県警刑事の、後先考えぬ暴走が招いたことである。

第三章　闇医者

午後六時。骨董品のような古マンションの前に黒のメルセデスが停車していた。傍らに立つ光次郎が一礼し、後部座席のドアを開ける。大柄な人影があった。革張りの豪華なシートに身を沈める朝倉。正之は隣に腰を下ろす。光次郎の運転で発進。ヘッドライトが照らす、大久保の路地を進む。

ソフト帽の下、朝倉は前に目をやったまま、タバコをくゆらし、ぼそりと語る。

「女はいねえよ」

メルセデスは路地を抜け、大通りへ出る。磨き上げたボディの上を赤や青のネオンが流れていく。

「やつらが拉致したんじゃない。滝川の勘違いだ」

朝倉は満足げにタバコをくゆらす。

「アジトへかちこむ前に、おれと滝川で兵隊連中をぎゅうぎゅう締め上げてやったからな」

アジト突入の道具にされた金髪と、階段の踊り場でうずくまっていたボマージャケットの二人組。

すみません、とハンドルを握る光次郎が言う。

「おれのせいです。気が急《せ》いていたもので」

ちがう、と正之はシートをつかみ、身を乗り出す。

「おいが先走ってしもうたとよ。光次郎、迷惑をかけたね」

本日午後四時、新宿駅前の喫茶店で落ちあい、事情を詳しく聴き、光次郎がトイレ中座した隙に席を立ち、ひとり大久保のアジトへ向かった。一刻も早く女を取り戻してやる、その一心だったが。

あほか、と朝倉が鼻で笑う。

「おまえら、互いに庇《かば》いあってんじゃねえよ。どんだけ人情話なんだ?」

メルセデスはヘッドライトの海を走る。道路標識に〈市ケ谷《いちがや》方面〉と出ている。

どこへ向かうのか、正之には見当もつかなかった。

古賀のおとっつあんよお、と朝倉が眼球を動かし、正之を見る。

「あんた、おかしいな」

どきりとした。洞察《どうさつ》力に長《た》けた元極道幹部は言い募る。

「元刑事にしちゃあ、判断も行動も拙速《せっそく》に過ぎる気がするんだが」

正之の心の内を探るように目を細める。

「愛するカミさんを亡くして、ヤケになったのか？」

正之は少し思案の風を見せ、どうじゃろ、と首をかしげる。

「寂しかことは確かじゃが、ヤケにはなっとらん。混乱もしておらん。いたって冷静よ」

そう、冷静だ。それも、自分でもイヤになるくらい。

「ならいいんだが」

朝倉はタバコを灰皿にねじ込み、スーツのポケットからアルミの小さなケースを取り出す。掌に白い錠剤を二錠。口に含み、ペットボトルのミネラルウォーターで流し込む。持病の心臓疾患のクスリだ。この男も生命《いのち》懸けで――。ぐすっ、と鼻をすする音がした。ルームミラーのなかで光次郎が半泣きだ。同じく心臓疾患を患い、無理して生命を縮めた慶子のことが浮かんだのか。

こらあっ、と巻き舌の怒声が炸裂《さくれつ》。朝倉が怒りの形相で、

「なに、なごんでやがんだっ」

でかい革靴を振り上げ、ドライバーズシートを蹴る。どかん、と鈍い音が響く。

光次郎はハンドルを固くつかんで衝撃に耐える。

「気合入れろ。でないと、おまえの大事なキャバ嬢、いつまでも見つかんねえぞ」

あばた面をゆがめ、

「もう一発、ぶち込んでやろうか。おお」

右拳を掲げる。いえ、もう、と光次郎は腫れたほおを押さえる。朝倉は恐ろしいことを縷々《るる》語る。

「ベトナムとか台湾のギャングにさらわれたら、即シャブ中のセックスドールだぞ。あいつら、いい女イコールカネだ。さっさとシャブ漬けにして奴隷化、変態セレブ相手のオモチャにしちまう」

ちょいとすんもはん（すみません）、朝倉さん、と正之は上半身をひねって相対する。

「そういう残酷なギャング連中に拉致されておっとですか」

ちがう、慌てるな、と元大物極道はうんざり顔で返す。

「可能性のひとつだ。美形のキャバ嬢なんて、どこのワルが狙ってもおかしくない。飴《あめ》と鞭《むち》で調教し、うまくしゃぶれば左団扇《うちわ》で暮らせる。もっとも——」

意味深《いみしん》な笑みを浮かべる。

「いい男ができて、自分の意思で尻《けつ》をまくった可能性もなきにしもあらず。一途《いちず》の彼氏がうざったくてな」

それは、と光次郎が言葉を挟む。

「ないと思います」

決然とした物言いだった。

「どうしてそう言える」

朝倉は眉間に筋を刻み、厳しい口調で迫る。

「その根拠を言え」

光次郎は前方を睨み、

「おれと根っこの部分で繫《つな》がってますから」

い。

朝倉はくっと笑みを噛み殺す。

「キャバ嬢と、女商売のチンピラの純愛物語かい」

女商売のチンピラ——光次郎の整った面が苦しげにゆがむ。が、朝倉は容赦しない。

「歌舞伎町の売れっ子のキャバ嬢だ。一筋縄じゃいかねえぞ。惚れた腫れたは当座の内よ。裏の真っ黒な顔を知ってびっくり仰天、ごめん、そんな女とは思わなかった、なかったことにしてくれって男の方から尻まくることは十分、あり得るわな」

さすがにブチ切れるか？　と危惧《きぐ》したが、光次郎の反応は意外なものだった。

先生おれは、と己に言い聞かせるように語る。

「なにがあっても弥生の味方です。それだけ、判ってください」

覚悟を秘めた、揺るぎない言葉だった。

ふん、と朝倉はつまらなそうに鼻を鳴らし、新しいタバコに火をつける。

「滝川、一度きりだからな」

突き放すように言う。

「もう、おれには期待するなよ。あとはおまえらでやれ。おれは知らん」

強い口調とは裏腹に、横顔が寂しげだ。正之は元武闘派極道の心情に思い至る。桐生連合を離脱してまだ四年前後の朝倉に、世間の目は厳しい。

元暴力団員の行動を厳しく縛る暴排条例の五年ルール（組織離脱後五年間は反社会的勢力と見なし、社会生活に制限をかける規定）があるだけに、カミソリの上を歩くような緊張の日々だろう。いずれ、ビジネスの世界でのしていく野望を持つ朝倉にとって、トラブルは極力避けたいはず。加えて桐生連合の解散で進退窮《きわ》まった、同じ釜の飯を食った仲の幹部連中に頼られ、複数あるフロント企業の経営にも助言を与えているという。

軽微なアクシデントでも命取りになりかねない。そしてそれは、滝川光次郎も同じである。慎重になって当然。元鹿児島県警の隠居オヤジとは立ち位置が違う。

ほんとうに、と光次郎はルームミラーの中から恐縮の面持ちで告げる。

「感謝しています」

朝倉はソフト帽を目深にかぶり直し、外を眺める。ばかくせえ、とくぐもった声が漏れる。

メルセデスはお濠《ほり》の手前で路地に入り、古びた雑居ビルの前で停車。

ける。

光次郎は土地勘の無い薩摩っぽに告げると、素早く外に出て後部座席のドアを開

「ここ、市ヶ谷です」

「ちゃっちゃと縫ってもらおうぜ」

朝倉がアスファルトに靴を踏み出しながら言う。そうか。頭に当てたハンカチを

そっと外す。赤黒い血が固まっていた。

雑居ビル三階の、看板も出ていない闇社会御用達《ごようたし》とおぼしき殺伐《さつばつ》としたクリニッ

クで、街中のチャラいあんちゃんのような中国人の闇医者が傷周囲の髪を手際よく

剃《そ》り、横にぱっくり割れた傷口を消毒し、縫合。十針縫い、終了。はい、まっすぐ

歩いて～、片足で立ってえ～、とおかしなイントネーションで指示し、正之が問題

なくこなすと、化膿《かのう》止めの注射を打ち、ハイ、オッケー、ノープロブレムねえ、と

こぼれんばかりの笑顔で言い、念のために、と鎮痛薬と化膿止めの抗生物質を出し

て終了。

高額の闇料金は「常連割引が利くんでな」と、朝倉が持ってくれた。正之は頭を

下げるしかなかった。

新宿駅の東口まで送ってもらう。赤や青のネオンが輝く賑やかな大通り沿いで停車。下車すべく腰を浮かすと、朝倉が呼び止め、「さすがにまずいだろ」と自分のソフト帽をつかみ、差し出す。

「闇医者だから傷の手当てだけで御《おん》の字、贅沢《ぜいたく》は言ってられねえがな」

パンチパーマの元極道があごをしゃくる。

「その傷口を晒したまま街に出たら、職質まちがいなしだ」

クリーム色のソフト帽を元刑事の頭にのっけながら、しかしなあ、と呆れ顔で言う。

「わざわざ鹿児島から駆け付けるとはな。へたしたら殺されてるぞ。ここは呑気《のんき》な草深い田舎じゃやねえ。無数の悪党どもが生き馬の目を抜いて貪《むさぼ》り食う、底無しのジャングルだ。鹿児島の元刑事が気張《きば》ってワルとやりあえば生命《たま》は幾つあっても足らねえ」

返す言葉もない。

「お人よしもいい加減にしねえとな」

あんたもな、と胸の中で告げる。

「幸運は何度もねえぞ」

これが〆の言葉、とばかりに告げると、朝倉はスーツの懐からスマホを取り出し、難しい面で操作する。雰囲気が変わった。荒ぶるアウトローから、隙のないビジネスモードへ。見事な切り替えだ。スマホを耳に当て、あれどうなった、なにやってんだ、もっと攻めろ、工夫しろ、数字がすべてだ、泣き言ぬかすな、と叱咤《しった》の言葉を矢継ぎ早に繰り出す。相手は元ワルの教え子だろう。正之は慣れないソフト帽を軽く上げて一礼し、ドアを開け、外へ出た。排ガス臭い春の冷気がツンと鼻の奥に沁《し》みる。

光次郎が神妙な面で立っていた。

「おやっさん、今日はありがとうございました」

深く頭を下げる。

「あとはおれ一人でやるんで、大丈夫です」

きさま、なにを言うとるか。

戸惑う正之をよそに、じゃあこれで、とそそくさと運転席に戻り、メルセデスは発進。クルマの群れに吸い込まれ、消える。

第四章　光次郎の告白

正之は林立するきらびやかなビルを見上げ、次いで歩道を埋める賑やかな人波を眺め、地下街への入り口を探す。瀟洒《しょうしゃ》なテナントビルの横に階段があった。重い身体を励まして歩く。人があふれ返る地下街を右往左往し、なんとか暗証番号型のコインロッカーに辿《たど》りつく。

ロックを解き、古びたボストンバッグを引き出す。満員の山手線内回り電車で田《た》町《まち》駅へ。コンビニで握り飯を二個（シャケとおかか）とペットボトルのウーロン茶を買い、『田町グランドホテル』へ。

フロントでチェックインの手続きをしていると、今回はおひとりですか、と声がした。顔を上げる。生真面目そうな若い、二十代半ばくらいのホテルマンだ。屈託《くったく》のない笑顔で問いかけてくる。

「以前、おくさまもご一緒でしたよね」

ドクン、と心臓がはねた。ホテルマンは明るい口調で語る。

「背の高い、颯爽《さっそう》とした方で、素敵な笑顔と、とても歯切れのよい鹿児島弁が印象的でした」

ああ、どうも、と頭を下げる。そうか、たしかチェックアウトの際、慶子がこのにせ（若者）と言葉を交わしていた気がする。半年近く前のことなのに、鮮明に記憶しているとは、ホテルのプロならではの能力か、それとも何から何まで対照的なノミの夫婦ゆえ、強く印象に残っているのか。

「おくさまはお留守番ですか」

ああ、まあ、とこわばった顔の筋肉を励まして微笑む。

「ひといもきもっがらく（一人も気持ちが楽）で、わっぜよかどなあ（とてもよいですなあ）」

ディープな鹿児島弁に戸惑ったのか、ホテルマンは愛想笑いを浮かべ、どうぞごゆっくり、とキーを差し出す。三階の部屋。前回は五階。少しほっとする。

古びたエレベータで三階へ向かいながら、考える。なぜ、自分は同じホテルを予約したのか。感傷？　慶子の残像を求めて？　ぱっくりと割れた赤い傷口に粗塩を擦り込むような真似を、どうしてわざわざ——。舌に浮いた苦いものを呑み込む。結局は未練、か。まだ未練があるのか。もはや、形骸に過ぎないこの短軀のどこに？

鉛のような困惑を胸に、狭いシングルルームに入る。硬いベッドに座り込み、疲れた息を吐く。とにかくメシを食わねば。コンビニで仕入れた握り飯二個。口に押し込み、咀嚼《そしやく》し、ウーロン茶で流し込む。味は判らない。興味もない。ただ身体が動くよう、脳みそがエンストしないよう、エネルギーを補給するだけだ。

なんとか二個を食い終わると、ガラケーを開き、番号を呼び出して送信。コール一回で出た。

「おやっさん、どうしました？」

戸惑う光次郎。正之は努めて朗らかに言う。

「親分の運転手は終わったのか」

こっちは終わったけど、と小声が返る。

「武《たけし》さんの家ですか？」

いや、と苦笑い。

「なにを寝ぼけたこと言うとる。今回はおまえのために上京したんじゃ」

息を呑む音。正之は努めて陽気に、それはともかくよ、と本題に入る。

「さっきは勝手なことをほざいてくれたな」

一転、厳しく言い募る。

「光次郎、言いっぱなしはよくなかど。おいはまったく納得しとらん」

「もう迷惑はかけられないから」

「おいはまだ、なんの役にも立っとらん。鹿児島からはるばるやって来て、この様《ざま》じゃあ情けなかにもほどがある」

そんなことはない、と光次郎は強い口調で反論。

「おやっさんのおかげで『バッドガイ』は消えた。あいつらは弥生を拉致していない。それが判っただけで十分だよ」

「なら、おまえの大事なおなごはどけおいか（どこにいるか）見当がつっとか？心当たりがあるなら言うてみぃ」

それは、と気弱な声が返る。正之は息を詰め、刑事に戻ったつもりで推理する。

こいつはなにを隠している？　耳の奥に残る、あの毅然《きぜん》とした言葉。鬼より怖い朝倉に対し「おれはなにがあっても弥生の味方です」と明言した覚悟。背後に秘めたもの、光次郎だけが知る事実があるのでは。なんにせよ、このまま尻尾《しっぽ》をまいて鹿児島に帰ることはできん。

「おまえはおいの息子じゃろうが」

息子——いやでも激《げき》してしまう。

「慶子とおいの息子じゃ、そう言うたよな」

甦る光景がある。極道に監禁された息子、武を救うべく、六本木のビル最上階（九階）を目指し、吹きっさらしの外階段を駆け上がったときだ。息も絶え絶えのおんじょを妻、慶子と共に助けてくれた光次郎。不幸な生い立ちの若き元極道は、背中を押しながら、おたくらみたいな両親がいたら、と切ない願望を口にした。正之は「ならばきみはいまからおいたちの息子じゃ」と告げ、慶子も笑顔でこう言ったのだ。

「光次郎くん、新しい息子になってくいやったもんせ（なってください）」

あの凛《りん》とした慶子の言葉はいまも鼓膜《こまく》に深く刻まれて離れない。

「おいは薩摩男児じゃ。息子の窮地《きゅうち》を、指をくわえて見ているほど情けなかわろ(野郎)じゃなかど」

それはもう、と蚊の鳴くような声が聞こえる。

「武さんをおっかさんと共に助けた、あの命がけの奮闘をじかに見ているから、よく判っている。でも、武さんはおやっさんたちの実の――」

「ばかたれ」

頭の芯がカッと燃える。

「いまさら、つまらんこつ言うな。おいと慶子が息子ち言うたら息子よ。分け隔《へだ》てはなかど。それになあ」

ぐっと胸が詰まる。どうしようもない現実が身を絞る。あごを上げ、声を励ます。

「ここでおめおめ鹿児島に戻ったら慶子にどやされる。おいはとことんいくど」

マジかよ、とガラケーの向こう、元極道が驚きと戸惑いの言葉を漏らす。光次郎、と野太い声で呼びかける。

「慶子もおいと同じ意見よ。おいには聞こえるど」

「なにが?」

「慶子が叱咤する声に決まっちょる」

大きく息を吸い、

「はしっといっきゃんせ（気合を入れていきなさい）、新しい息子んために、きばいやんせ（頑張りなさい）、とな」

沈黙。なんと答えていいのか判らないのだろう。元刑事は斬り込む。

「光次郎よ。いま、おまえの胸には心当たりがあるんじゃなかか」

ぐっと喉が鳴る。反応あり。

「おいに言うてみい。この期《ご》におよんで隠し事はよくなかど」

返事なし。元刑事は、ここぞとばかりに畳みかける。

「おまえが、あいつら以外いない、と睨んだ『バッドガイ』はシロじゃ。ならば、次に思い浮かんだ連中がいるんじゃなかか？　自分の胸に手を当ててよう考えてみい。なんでんよかで（なんでもいいから）言うてみんか。解決の糸口になるかもしれんぞ」

五秒、十秒。ガラケーを握り締めて待つ。咳払いが聞こえ、次いでひび割れた声が絞り出される。

「いえ、なんだ」

いえ？

「家族の問題、というのかな」

家族？

「弥生、家で大変な目に遭っていて」

息を殺し、聞き入る。ウォーン、と大都会のノイズが不気味な通奏低音となって響く。

「なんかもう、生きるか死ぬかの状況で」

家族。生きるか死ぬか――虐待《ぎゃくたい》か？　あの、血を吐くような告白が甦る。光次郎の惨《むご》い過去だ。千葉は房総《ぼうそう》半島の港町で生まれ育った光次郎は、小学三年のとき、酒とバクチにうつつを抜かす遊び人の父親が不摂生《ふせっせい》の果てに病死。以後は坂道を転がるがごとし。

地元で評判の美人の母親を狙い、不良漁師が家に入り込み、始まった虐待の日々。失神も珍しくない苛烈な折檻《せっかん》に加え、満足な食事睡眠をとらせず、二歳下の妹まで容赦なく殴り飛ばす非道ぶり。優しかった母親も豹変《ひょうへん》し、漁師の折檻に加勢する地獄。光次郎は中学になると家に寄り付かず、シンナーを吸い、万引きとカツアゲで空腹を満たす、野良犬のような生活を送った。十五歳の時、妹に手を出した漁師にブチ切れ、包丁で刺し殺す寸前までいったという。その後、漁師と母親は覚醒剤の所持と常用で逮捕。妹はパチプロのチンピラと夜逃げし、名古屋方面で風俗嬢に。家族はあっけなく崩壊した。光次郎よ、それは――ひと呼吸分、逡巡《しゅんじゅん》し、続ける。

「家庭内暴力、とかか」

「おれんちみたいな？」

躊躇《ちゅうちょ》なく返され、言葉が出ない。光次郎は半笑いで付言する。

「そんな判り易い話ならいいんだけど」

一転、声のトーンが下がる。

「もっとえぐい話だよ」

涙が交じる。

「おれ、こっち側に振れてほしくなかった。弥生は『バッドガイ』のノータリン連中に拉致された、それ以外ない、と思い込んでいた。いわゆる楽観バイアスってやつ」

つまり、半グレの拉致のほうがよかったのか？　こっち側とは、深刻な家族の問題とはなんだ？　元鹿児島県警刑事の、真夏の入道雲のように膨れ上がる不安と困惑をよそに、元極道は早口で語る。

「もし、こっち側が関係してたら、おれ、弥生を永遠に失うかもしれないなんじゃやと。

「弥生、死んじまったほうがましだ」

「バカなこつ、言うな」

声が、ガラケーを持つ手が、震えてしまう。

「おやっさん、おれの話を聞いたら、そんなこと言えないって」

涙声が耳朶《じだ》を刺す。

「あいつの家族はめちゃくちゃだから」

光次郎は切々と語った。浅野弥生の、にわかには信じ難い半生を。正之は聞きながら、一見平穏な社会に潜む、闇の深さに打ちのめされた。

第五章　ママ、大好き

薄暗い部屋の隅《すみ》で両膝を抱え、ママ、と口に出してみる。母は、どうしたの、と振り返りもせずに返す。古びたアパートの一室。ポンコツ換気扇が咳《せ》き込むような音を立てるダイニングキッチンで、母は背を向け、食卓に向かい、黙々《もくもく》と手を動かす。

「あたしはダメな娘、かな」

母はしばらく手を動かし、ふう、と肩を上下させて、ため息ひとつ。椅子をキキッと鳴らして振り返る。黒曜石《こくようせき》のような瞳が向けられる。小首をかしげ、口角を上げ、上品に辛辣《しんらつ》に言い募る。

「自分で判るでしょ。とことんダメで堕落《だらく》した娘だと」

栗色のショートカットに、そげたほおとシャープなあごのライン。凜とした理知的な眼差し。厳格な高校教師とか、切れ者の経営コンサルタントにいそうなクールな美貌だと思う。四十八歳。陰気な安アパートにまったく似合わないシャネルの珊《さん》瑚《ご》色のスカートスーツと、メリハリのある濃いメイクが、何事もアンバランスな母の立ち位置を鮮やかに物語る。

「こんなんじゃ、どうしようもないわよ。あなた、よくわたしの前に姿を見せられたわね。恥ずかしくないのかしら」

熱心に数えていた万札の束を軽く振る。二百二十万あるはず。あたしの全財産。

母のほおが、唇がゆがむ。

「ぜーんぜんたーらねえよなー」

口調が一変する。

「なーに、かんがえてんだー、これっぽちで勘弁してくれってよおー」

表情も同様。目が濁り、ほおが火照り、下卑た笑みが湧く。まるっきり別人だ。たとえて言えば、すかした意識高い系の頭脳労働者からやさぐれた女ヤクザへ。エベレストの頂上からマリアナ海溝の底へ。いつ、いかなる時も、スイッチを切り替えるがごとく、瞬時に人間が入れ替わってしまうのが、母の凄いところ。多重人格？　ちがう。その場その場でもっともベストな人格に成り切り、最大限の威力を発揮する。こんな具合に。

「現実が判ってねえだろ。とことん愚かな娘だねえ」

カタン、と椅子を鳴らして立ち上がる。百七十センチの長身に、学生時代バスケで鍛えたというしなやかな身体。履き古した薄いスリッパをペタペタ鳴らして歩み寄ってくる。ギッギッ、と板張りの床が軋《きし》む。

場違いなダイヤのイヤリングがきらびやかに輝く。身にまとった高級コロンが、部屋のよどんだ空気と混ざり、嫌な臭気を振り撒く。呼吸の度に胸がむかつく。あたしは口を押さえる。吐き気がこみ上げる。母の口調が険しくなる。

「いいか、我が日本国をサタンから救わなきゃならないんだよ。これっぽっちでどうしろと言うんだ？　ええっ」

足が止まる。仁王立ちになって見下ろす。あたしは部屋の隅で、飢えたオオカミに凄まれたウサギみたいに震える。

「立てっ」

あたしは弾かれたように、素早く立ち上がる。指の先まで伸ばしてあごを上げ、直立不動。足下から震えが這い上がる。怖い。幾つになっても、母が怖い。

「ちゃんとこっちを見ろっ」

外した視線の焦点を鋭く指摘。観念し、目の前の母にピントを合わせる。ニッと嗤《わら》う。目尻が、口角が吊り上がり、般若《はんにゃ》の貌《かお》が現れる。左手を腰に当て、貧乏人を見下す傲慢《ごうまん》な富裕層のように右手につかんだ札束を掲げる。顔に朱を注ぎ、野太い声で詰《なじ》る。

「これがおまえの覚悟かあ？　国家の根幹にかかわる重要な仕事を任され、日々死に物狂いで期待に応え続ける頭脳明晰《めいせき》なわたしの娘を、こんなことで名乗れるのか？　恥ずかしくないのか？　ええっ」

ぶん、と右腕をフルスイング。札束でほおをはたく。あたしはのけぞり、たたらを踏み、壁にもたれる。

「このクソアマ、返事をしろっ」

すみません、とあたしは崩れ落ちるように両膝を折り、土下座をする。なんのためらいもない。条件反射？　そうかもしれない。母の怒りを鎮《しず》める、単なる儀式。

板張りの床に両手をつき、額をぐりぐりとこすりつけ、謝罪の言葉を述べる。

「許してください。あたしがバカでした。愚か者のろくでなしでした」

あんた、と冷ややかな声が降ってくる。

「いま、なにやって稼いでるんだ?」

あたしは躊躇《ちゅうちょ》なく答える。母に対して、偽りやはぐらかしは厳禁。大変なことになる。記憶のヒダに入り込んだ、折檻の数々が甦る。真冬の水風呂の、凍死と隣り合わせの恐怖とか、爪の間に差し込まれる針の、神経をぶった切るような激痛とか。

「キャバクラです」

「歌舞伎町の?」

「そうです」

沈黙。濃い怒りの熱が迫る。肌がぞわっと粟立《あわだ》つ。背筋が音をたてて凍る。

「おまえは真正のノータリンか」

ぐい、と頭をスリッパで踏まれる。体重をかけてくる。抗《あらが》う間もなく顔が床に押し付けられる。

「そんな温《ぬる》いこと、やってるから稼げないんだよ」

でも、お客に人気のお店ナンバーワンで、と反論を試みる。

「並のコより遥かに稼いでいます」

うるさい、黙れっ、口応えするな、とさらに強く踏みつける。踵《かかと》をぐいぐいねじ込んでくる。首が痛い、顔が痛い。心が痛い。

「以前の仕事はどうした、おまえの、あの素晴らしい天職はどうなった、ああっ」

素晴らしい天職——鼻の奥が熱くなる。涙があふれる。汚物と屈辱にまみれた日々が甦る。

「オトコなんかつくるからだ」

オトコ——闇にすっと射しこむ一条の光。が、それを塗り潰す勢いで猛劣な罵詈《ばり》が降り注ぐ。

「こんな惨めなことになっちまうんだよ。オトコができた？　結婚したい？　言うにこと欠いて、もう自由にしてください、だと？　おまえは十分自由だろ。もっとおおきな、日本国を、人類を救う仕事を完遂するため、天空を駆ける雲雀《ひばり》のごとき自由な身分で胸張って生きてんだろ。ちがうのか、ええっ」

どん、と背中に踵を落とす。息が詰まる。

「おまえ、サタンに魂を売る気か？　殺されても文句は言えない裏切りを犯すの

か？」

声音が湿ってくる。

「わたしに殺されたいのか？　わたしを殺人者にしたいのか？　娘殺しの汚名を着せるつもりか？」

わあっ、と泣き声がした。どっと熱い圧が押し寄せる。母が屈み込み、抱きしめる。涙声が鼓膜を叩く。

「おまえを失いたくないんだよお。サタンに汚されたくないんだよお」

冬山の遭難者を助ける山岳救助隊員のようにあたしを抱き起こし、涙に濡れた顔を向けてくる。慈愛に満ちた神々《こうごう》しい表情があたしを包み込む。母は唇を震わせ、切々と訴える。

「わたしの、たったひとりの娘だもの。あんたまで喪《うしな》ったら、ママはどうしたらいい？」

化粧が崩れ、顔がぐしゃぐしゃになる。目尻のシワとほおのシミ。若く見えるけど、もう五十近いおばさん。孫がいてもおかしくない。胸が熱くなる。母が打ちのめされ、地べたを這いずり回り、それでも立ち上がり、乗り越えたあの悲劇。並の人間にできることではない。母からどんな仕打ちを受けようと、どっしりとした岩山のごとき尊敬の念は些《いささ》かも揺るがない。あたしだけのママ。

「大好きよ」

母をやさしく抱擁《ほうよう》する。

「ママのこと、とっても好きなんだよ」

二人、抱き合って泣く。辛気臭い、世間から忘れ去られたような安アパートで、黒く塗りこめられた悲惨な過去に戻って。

「わたしも一生離さないからね」

母が涙をぽろぽろこぼしながら言う。

「おまえを離すくらいなら、この手で殺してやる。そしてママも潔く死ぬから」

ぎゅっと抱きしめてくる。懐かしい母の匂い。優しく、強い、あたしのママ。世界でいちばん好きだよ。

第六章　教祖　クロテツ

翌朝、午前九時。指定の時間、ちょうど。ＪＲ山手線有楽町《ゆうらくちょう》駅前の、広々としたカフェで正之は待つ。朝食はすでに済ませた。コンビニの飲食コーナーで、シャケとおかかの握り飯。それにウーロン茶。食わねば動けない。

通りに面したカフェのボックス席で濃いコーヒーを飲む。客は八分の入り。男も女も、老いも若きも、スマホに見入り、書類をチェックし、ノートパソコンを操作しながら黙々とパンやゆで卵、サラダを食べ、コーヒー、紅茶を飲む。無味無臭の軽《かろ》やかなＢＧＭだけが虚《うつ》ろに響く。霧島で暮らすおんじょから見たら、まことに奇異な光景だが、何事もせわしない東京ではごく当たり前の朝なのだろう。

「どうもお」

明るい声がした。目を向ける。

「古賀さん、お久しぶり」

ネイビーブルーのスーツをぴしっと着込んだ長身の男が立っていた。軽くウェーブした髪に、目元の涼しい、都会的なよかにせ（いい男）、内海敏明だ。警視庁組織犯罪対策部第四課の刑事。息子、武の元同僚である。

内海は合板のテーブルを挟んで座り、店員にコーヒーを注文。改めて向き合う。組対刑事は唇をゆがめ、悪戯《いたずら》っぽい笑みを浮かべる。

「けっこう似合ってますね」

なに？

「どこのダンディな紳士かと思いましたよ」

目配せする。ああ、クリーム色のソフト帽か。

「店のなかで行儀が悪かが」

正之はそっと持ち上げ、昨夜十針縫ったばかりの傷口を示す。ハンサムな顔がゆがむ。

「これを衆目の前にさらすわけにはいかん」

ソフト帽をかぶり直す。内海は、呆れた、とばかりに肩をすくめ、

「昨日、上京してもうひと暴れですか。薩摩っぽはすげえなあ」

「降りかかる火の粉は払わねばならん、ちゅうことよ。はるばる鹿児島からやってきて、簡単に悪党どもの軍門に降《くだ》るわけにはいかん」

温くなったコーヒーを飲む。

「古賀さん、驚きましたよ」

内海は周囲に警戒の目をやり、

「てっきり、鹿児島で、愛する慶子さんとの想い出を胸に、穏やかな引退生活を送っておられるものと信じていました。それが――」

声を潜める。

「昨夜の、突然の電話だもん」

申し訳なかね、と頭を下げる。

「内海さんしか頼れるひとがおらんかった」

本庁組対刑事は届いたコーヒーをひと口飲み、しばし宙を見つめ、ぼそりと問う。

「タケちゃん、知ってるんですか」

いや、と首を振る。

「あいつはもう、半分都落ちした人間じゃから」

ちがう、誤解、と内海は渋面でカップをソーサーに戻す。

「古賀さん、以前も言いましたが、あれはチャラですよ」

日本一の武闘派組織『桐生連合』への秘匿《ひとく》捜査従事中、独断で前代未聞の行動をとり、シャブ中の若き組長に五日間監禁されてしまった武。が、結果的に三十億円分の覚醒剤を摘発、鉄の結束を誇った『桐生連合』も解散に追い込んだため、差し引きゼロ。人事上のマイナス要素は皆無とのことだが、武は〝事件〟から一カ月後の昨年十一月、臨時異動の形で杉並《すぎなみ》区荻窪《おぎくぼ》警察署管内の派出所勤務となった。本人のたっての希望らしい。が、正之は疑っている。同じ警察組織にいた人間として、額面通りには受け取れない。理由はどうあれ、上層部は現場のトラブルを徹底して忌《い》み嫌う。なんらかの意思が働いた、と受け取る方が自然である。

父親の複雑な胸中を察したのか、内海は真剣な面持ちで言い募る。

「タケちゃんが頑張らなきゃ、近年稀《まれ》にみる大量の覚醒剤の摘発も、本庁組対の目の上のタンコブ『桐生連合』の解散もなかった。倉田《くらた》係長以下、同僚は全員、タケちゃんの慰留に動いたんですよ。それだけ優秀で、我がチームに欠かせない逸材ってことだ」

すまんね、と再度頭を下げる。

「武も、それだけ慕われておったら幸せ者じゃ。警察官冥利《みょうり》に尽きるじゃろ」

内海は無念を滲ませて、

「おふくろさんが亡くなっちまって、心境の変化もあったんすかねえ。愛しのガッキーとの結婚も果たしたたし」

正之は苦いものを嚙み締め、冷めたコーヒーを飲み干す。婚約者である〝麴町《こうじまち》署のガッキー〟こと小高彩《こだかあや》との結婚を急がせたのは、この我儘《わがまま》な父親だ。武は、かあさんの喪が明けるまでは、一周忌を迎えるまでは、と渋ったが、一年も待っていられない。正之はこんこんと諭した。

人生はなにがあるか判らん、おまえと小高彩さんには一日でも長く幸せな結婚生活を送ってもらいたいか。泉下の慶子も一年も待つなど望んでいないはず。女房を突然亡くして生前の怠慢を深く後悔しとるバカなおんじょからのたっての願いじゃ——。

あーあ、と内海は両手を後頭部で組み、暇を持て余したヤンチャな高校生のようにそっくり返る。

「結婚式、大自然に抱かれた霧島に行ける、源泉かけ流しのモノホンの温泉にも浸《つ》かれる、と楽しみにしてたんだけどなあ。慶子さんのお墓にお参りしてさ」

ふう、とため息ひとつ。

「しかし、タケちゃん、ごりごりの薩摩っぽの父親に似て、頑固で融通きかねえからなあ。仕方ねえなあ」

返す言葉もない。

結局、今年一月の終わり、霧島神宮で結婚式を挙げ、霧島市内の錦江湾《きんこう》沿い、市の中心部である国分《こくぶ》地区のホテルで披露宴代わりの会食を催した。新郎新婦のたっての希望で、ごく内輪の集まりとし、大学時代の友人も、内海をはじめ警視庁の同僚も呼ばず、仲人《なこうど》も立てなかった。新婚旅行も無しだ。ただし、結納《ゆいのう》は滞りなく済ませている。正之が娘の涼子と共に上京し、武を伴って中野《なかの》区白鷺《しらさぎ》の小高彩の実家を訪問。公立中学の教師である父親と、特許事務所パート勤務の母親に挨拶。口上を述べ、結納金と結納品を納め、慶子の喪が明けぬうちに結婚式を執り行うことを、言葉を尽くして詫びた。が、両親共に鷹揚《おうよう》で、ふつつかな娘ですがよろしく、といった意のことを丁寧に述べられ、ありがたくて申し訳なくて、ただただ頭を下げた。

この父親、西郷隆盛の大ファンとかで、結婚式の翌日、正之は自ら軽自動車のハンドルを握り、知る人ぞ知る、とっておきの〝穴場〟へと夫婦を案内した。霧島市の西隣、姶良《あいら》市から峻険《しゅんけん》な山中を吉野台地（鹿児島市）へと上る旧街道、白銀坂《しらがねざか》である。

この、約三キロ続く石畳の急坂（高低差約三百メートル）はその昔、薩摩国と大隅《おおすみ》国を繋《つな》ぐ重要な街道であった。明治維新後、世界有数の巨大カルデラ、姶良カルデラの断崖の下、錦江湾沿いに後の国道一〇号線の基《もとい》となる道が開通するまで、人々はこの苔むした急峻な石畳の坂を徒歩や馬、駕籠《かご》で往来したという。

鹿児島が生んだ文豪、海音寺《かいおんじ》潮五郎《ちょうごろう》の代表作『西郷隆盛』の冒頭に、若き日の西郷と盟友、大久保利通《おおくぼとしみち》が白銀坂を吉野台地から下っていくシーンがある。当然、小高の父親も読了済みで、ひと気の無い森閑《しんかん》とした石畳を感慨深げに踏みながら、「ここが若き西郷と大久保が歩いた、あの坂ですか」と感激の面持ちで語り、途中の展望台で夫婦揃ってベンチに座り、冬の陽光に輝く錦江湾の鏡のような海原《うなばら》と、その向こう、噴煙を上げる桜島の雄大なパノラマに暫《しば》し見入っていた。

白銀坂の後は、大河ドラマ『西郷《せご》どん』のロケ地となった、これも石畳の古道、龍門司坂《たつもんじざか》を訪ね、次いで西郷ゆかりの温泉へ。明治六年政変（征韓論政変）に敗れ、帰鹿した西郷が心身を癒《いや》した古い湯治場、日当山《ひなたやま》温泉である。地元民御用達のひなびた湯に浸かり、鹿児島空港へと送った。

後日、頂戴した手紙には、滞りなく終わった結婚式と会食への礼が丁寧に述べられ、続けて西郷ゆかりの地を巡ったドライブの感動と、連れ合いを亡くしながらも雄々《おお》しく明るく生きる薩摩男への尊敬の念も記され、恐縮した。

結婚後、武と彩は杉並区の警察官舎に新居をかまえ、武は派出所勤務、彩は従前通り、麹町警察署警務課で働いている。

「まあ、おれは人生を堅実《けんじつ》に歩む生真面目なタケちゃんと違って、バツイチの独身だし、けっこう自由に動けますからね」

内海は半ば愚痴交じりに言うと、懐から手帳を抜き出し、

「敬愛する慶子さんへの手向《たむ》けと思い、ちょいと頑張りましたよ」

ありがたい、と正之はテーブルに片肘をつき、ぐっと半身を寄せる。

「内海さん、手間をかけたね」

本庁組対刑事は苦い笑みを浮かべ、手帳を開く。

「古賀さん、息子と同じく何事もマジですもんね」

ページを読む表情が険しくなる。

「しかし、ここはやばいですよ」

目が文字を追う。唇が動く。

「悪名高き『地球平和教会』ですからね」

そう。通称・地平教。霊感商法で有名な新興宗教である。昨夜、滝川光次郎が電話で告白した悲劇——。

キャバ嬢の浅野弥生（二十三歳）は渋谷区笹塚《ささづか》で生まれ育ち、父親は建設会社、母親は化粧品メーカー勤務の共働き。分譲戸建て住まいで、何不自由ない少女時代を送ったが、八歳、小学三年のとき、悲劇が訪れる。四歳の妹、雅美《まさみ》が突然死で逝去。前日まで元気に走り回っていたが、朝、ベッドの中で冷たくなっていたという。両親は嘆き悲しみ、一家は不幸のどん底へと突き落とされた。なかでも母京子《きようこ》（三十三歳　当時）の悲しみは深く、ひどいうつ状態に。化粧品メーカーは退職を余儀なくされ、一時は食事も満足にとれず、入院加療を受けたことも。

しかし、知人の熱心な勧めで『新基督霊導教会《しんきりすとれいどうきょうかい》』（現・地球平和教会）の勉強会に参加。《すべての不幸の原因は過去の行いにあり。逃げず、畏《おそ》れず、誠意をもって人生と向き合い、己の汚れた過去を真摯《しんし》に見つめ、悔い改めれば必ず幸せになる。それは国家も地球も同じ。過去に真摯に向き合えば、平凡な一個人でも、人類の未来を明るく照らす、世界の恒久平和に貢献できる》との気宇壮大《きうそうだい》で手前勝手な教義にのめり込み、幸せをもたらすパワーストーンや貴金属、掛け軸、絵画、壺等を勧められるままに購入。

熱心な信者となり、勉強会を手伝うようになると「誠意は具現化しなければ意味がない。あなたが背負う不幸はすべて、過去の誠意の無さによるもの。物品の購入だけで満足し、命がけの努力をしない母親を見て、天国の雅美さんも泣いている」との地区リーダーの叱咤苦言に従って十万円単位のお布施《ふせ》を幾度も差し出し、後は一瀉千里《いっしゃせんり》。手持ちの現金をすべてお布施に回した挙句《あげく》、預貯金にも手をつけ、夫と大ゲンカ。ついには自宅売却まで目論見《もくろみ》、親族を巻き込む大騒動となったが、洗脳された京子はまったく意に介さず、リーダーの指示のまま夫を詰《なじ》り、あんたの過去の悪行が諸悪の根源、雅美が死んだのもあんたのせい、とっとと地獄に堕ちろ、と責めたて、こわもての信者を伴い仕事場にまで押しかけ、罵声を浴びせ、ついには自殺に追い込んだ、と。

「しかしなあ」

内海は渋面で言う。

「滝川もやっと朝倉と切れたってのに、今度はワケありのキャバ嬢かよ。トラブルと縁の切れねえ、とことん厄介な人生なんだな。若いのに、かわいそうな野郎だぜ」

「光次郎は己の心のまま動いとる、とてもピュアな男じゃ」

元鹿児島県警刑事は朗らかに返す。

「ある意味、うらやましか人生ですな」

ふん、と鼻を鳴らし、内海はつまらなそうに語る。

「忖度《そんたく》と妥協《だきょう》、忍耐の海でアップアップしてストレス満タンの地方公務員からすると、まるっきり別世界の人間ですよ」

バツイチの本庁組対刑事は手帳のページをめくり、

「でもまあ、こいつに比べりゃあ、ドラッグと特殊詐欺で大儲《もう》けの半グレだろうが、はたまた女とやりまくるイケメンの不良芸能人だろうが、その自由度は足下にも及びませんがね」

舌打ちをくれ、ページを指で弾く。

「地平教の開祖、黒田鉄之進《くろだてつのしん》、通称クロテツ」

苦い笑みを浮かべ、

「女もカネも、やりたい放題だもんな」

新興宗教のキング、カルトの魔王、と謳《うた》われる黒田鉄之進。

「人間、どっかで腹くくったやつが勝ちなんですかねえ」

組対刑事は、経歴をざっと調べてみました、とページに目をやりながら語る。

「昭和四年、東京は隅田《すみだ》川沿いの下町に生まれ、戦中の東京大空襲で家族全員を失い、ひとり生き残ったクロテツは十六で終戦を迎えています。焼け野原で摘発と紙一重のヤミ米の担ぎ屋をやってカネをため、不動産ブローカーとして独立。一攫千金《いっかくせんきん》を狙うも、知人に二束三文の土地をつかまされ、逆に莫大《ばくだい》な借金を背負う羽目《はめ》に」

が、二十歳《はたち》のとき天啓《てんけい》を受け、自らをキリストの生まれ変わりと称し、宗教家に転身。宗教団体『新基督霊導教会』（後の地球平和教会）を設立し、自ら会長に収まっている。

「二十歳時だと昭和二十四年、まだ戦後四年か」

内海は、ぴゅう、と感嘆とも嘲りともつかぬ口笛を吹き、

「我が日本国はGHQ統治下の植民地状態。朝鮮戦争で瀕死《ひんし》の日本経済が息を吹き返す前の、とても貧しい時代ですね。借金にまみれ、失うものの無い、捨て身のクロテツは宗教に活路を見出《みいだ》し、無数の虚飾で武装した教祖となり、戦後日本を驀進《ばくしん》します」

元々は風采《ふうさい》の上がらない地味な小男だったが、黒々としたひげに総髪《そうはつ》、羽織袴の、威風堂々《いふうどうどう》たる姿に変身し、「悲惨な戦争は二度とごめん」「吾輩《わがはい》は平和を愛するキリストの生まれ変わり、命がけで庶民を、日本国を守る」と高らかに吠え、自らの身に降りかかった戦争の悲劇も赤裸々《せきらら》に語り、皆でスクラムを組み、不幸を粉砕しよう、豊かに、幸せになろう、と貧困に喘《あえ》ぐ庶民の心をがっちりつかんだという。

「広大な米軍基地がある立川《たちかわ》を拠点に、新興宗教のキング、黒田鉄之進会長は戦争反対、平和至上主義を前面に掲げ、平和も幸せも地中から湧いてくるわけじゃない、諸君、闘え、奪い取れ、と貧苦に喘ぐ庶民を鼓舞《こぶ》、巧みな弁舌で取り込み、着実に

成長してきました」

ページをめくる。

「戦後経済の神風《かみかぜ》、朝鮮戦争で景気が一気に上向くと、クロテツはいわゆる霊感商法に励み、各人が抱える不幸や家庭の事情、過去のいまわしい出来事をずばずば言い当て、キリストの生まれ変わりとしてのカリスマ性を存分に発揮、二束三文の壺《つぼ》や貴金属、印鑑、鑑賞石を、唯一無二の霊感を持つ教祖が特別に念を入れた高貴な品、との触れ込みで、目の玉が飛び出るバカ高い価格でバンバン売りさばいた。濡れ手で粟《あわ》ですね。クロテツはあっというまに借金を返済、莫大な財を築き、総ヒノキの豪邸住まいだ」

端整《たんせい》な顔をしかめ、

「言うまでもありませんが、霊感なんてインチキです。ホット・リーディングとコールド・リーディングを巧みに使っただけの、詐欺師同然の手法です」

ホット・リーディングとは、事前に調査、取得した情報を、当該人との面談の場で披露し、さもその場で的中させたかのように思わせる、洗脳・詐欺テクニックである。これと見込んだ相手に対して、複数人が調査に当たり、時にセールスマンを装い、自宅周辺を聞き込んで、ごくプライベートな情報を集めて回ることもある。最近は、当該人のSNSやブログを事前に読み込むことが常識となっている。

　正之は鹿児島県警時代、ホット・リーディングに加え、マジックの技術（スプーン曲げや透視、蛍光管破裂、万年筆の空中浮揚等）を駆使して独居老人らを洗脳、神に等しい超人、と信じ込ませ、農協貯金から農地、家屋の権利書まで、ごっそり奪った凄腕の詐欺師を摘発・逮捕したことがある。

　一方、コールド・リーディングは事前情報ゼロの状態から、巧みな会話、外観の観察、表情の変化でパーソナル情報をつかむ技術。訪問販売詐欺や霊感占い等で使われる。

「クロテツはエセカリスマの例に漏れず女好きの精力絶倫で、女性信者をとっかえひっかえ情婦にしています。若い時分は同時に五、六人を囲い、地方行脚《あんぎゃ》の度に地元の女に手を出し、トラブルも数々。その節操《せっそう》のない女漁《あさ》りは巷《ちまた》で、オットセイ教祖、エロ会長、と揶揄《やゆ》されたほど」

　朴念仁《ぼくねんじん》の田舎おんじょはどう反応していいのか判らず、黙っていると、内海はかまわず進める。

「開祖クロテツの度重なる破廉恥《はれんち》なスキャンダルとド外れた蓄財、信者の家庭崩壊や自殺を招く霊感商法は幾度か社会問題となり、訴訟も起こされました。その度に、教団側は〝魔女狩り、宗教弾圧〟〝憲法が保障する信教の自由を無視した暴挙〟と激しく抵抗。カネにものをいわせて全国紙に反論記事をデカデカと掲載、ヤメ検の凄腕弁護士を複数雇い、徹底抗戦に努めています。存亡の危機に陥った時期もありましたが、エセカリスマ・クロテツを中心に、組織の団結力は強く、四年前には極めて難しいとされる教団の名称変更も実現。悪名高き『新基督霊導教会』は『地球平和教会』に変わり、いまや信者世帯は公称八十万、活動拠点の教会も全国に四十余を擁し、宗教団体として確たる存在感を示しています」

ページを繰り、

「クロテツはエセカリスマらしく、高邁《こうまい》な理想も抜かりはありません。遡《さかのぼ》れば戦後日本が高度成長期に入り、昭和元禄《げんろく》と浮かれていた時代、〈アメリカの核の傘の下、金儲けに血道を上げるエコノミックアニマルに未来はない。ぬるま湯の属国状態を一日も早く脱すべき。能天気な日本人よ、目を醒ませ〉と檄《げき》を飛ばし、自主憲法の制定と、自衛隊の正規軍化を主張。以後、自衛を目的とした正規軍の保持こそ、日本国恒久平和の絶対条件である、ひいては人類の平和に繋がる、とぶち上げ、新興宗教には珍しく、保守層の一定の支持を取り付けました。しかし――」

ひと呼吸おき、

「九十四歳になるクロテツはここ三年ほど公《おおやけ》の場に姿を現していません。地平教広報によれば、教団運営はこれまで通り黒田会長の強い指導力の下、遺漏《いろう》なく粛々《しゅくしゅく》と行われている、とのことですが、実際は幹部連中の共同運営です。教団内で〝天のお告げ〟と称されるクロテツのメッセージ類はすべて、広報が発表しています」

内海は周囲に警戒の目をやり、声を潜める。

「まあ、なんでもありのカルトだから、とっくに死んでいるかもしれませんがね」

死んでいる？　だれが？

「クロテツですよ」

絶句。本庁組対刑事は淡々と続ける。

「レーニンや毛沢東《もうたくとう》、ホー・チ・ミン、金日成《キムイルソン》のように特殊なエンバーミング（遺体の保存処理）が施され、教団内の廟《びょう》に密かに安置されていたりして」

「まさか」

思わず声が出た。いやいや、と内海は軽く手を振り、

「カリスマの放つ光が強烈な分、消えたら真っ暗闇ですよ。教団はあっという間に求心力を失います。そこからの立て直しは大変だ。やつらに世間の常識は通用しない。生き残るためならなんだってやるでしょう。本気で国家転覆のクーデターを目論《もくろ》んだオウムと同じです。まあ、エンバーミングはともかく、クロテツが脳疾患等で意思疎通が不可能な寝たきり状態に陥り、幹部連中の判断で表に出していない可能性は十分ありますね」

言葉を切り、コーヒーを飲む。焦《じ》らすように、ゆっくりと。甘ったるいＢＧＭが妙にいらつく。

「内海さん、教団の成り立ちと内情はざっとでよかです。昨夜も言うたとおり、わたしが知りたかのは浅野弥生の母、京子の現在の――」

慌てなさんな、と内海が微笑む。

「ここからが本番です」

自信たっぷりに前置きし、

「地平教はいま、とても大切な時期を迎えています。一日でも長く、教祖にして現

会長のクロテツには生き永らえて欲しいところだな」

大切な時期？

「だからね、古賀さん」

ぬっと顔を寄せてくる。

「おれも調べてみてびっくりしたんだが」

ひと呼吸おく。表情が険しくなる。

「キャバ嬢の母親、京子が深くかかわってくるんですよ」

なんのことだ？

「京子は現在、地平教の幹部信者で、国家対策チーフという要職にあります」

国家対策？　正之は困惑した。とっさに言葉が出ない。

「急にスケールがでかくなったでしょう」

内海はしてやったりの顔で、

「とっても面白いことになってきましたね」

教団の知られざる内情を明かす。正之は絶句。地平教幹部となった浅野京子の意外な貌《かお》は、想像を絶するものだった。

「古賀さん、そんなに驚く必要はありませんよ」

内海は余裕綽々《しゃくしゃく》の口ぶりで言う。

「彼女は次女を亡くすまで、有名化粧品メーカーの商品企画部に籍を置くキャリアウーマンでした。元々、優秀なんですよ」

「それは承知しとるが、いくらなんでも」

「世の中から蛇蝎《だかつ》のごとく忌み嫌われるカルトだ。生き残るためならなんでも利用するでしょう」

内海は淀みなく返す。

「まあ、ウィンウィンってとこだな。魚心《うおごころ》あれば水心《みずごころ》ありってね。そもそも――」

正之は湧き上がる胴震いに耐えながら、内海が説くカルト宗教のしたたかな戦略に聞き入った。同時に、目の前で、得意げに、高揚感を持って語る本庁組対刑事に、少なからぬ違和感を抱く。

第七章　聞き込み

午前十一時。少し靄《もや》った青灰色の春空の下、新宿駅西口の京王《けいおう》百貨店前で滝川光次郎と落ち合い、地下改札へ。京王線の電車に乗る。混雑一歩手前の車内で二人、ドア脇に立ち、言葉を交わす。

「笹塚ってことは弥生の実家？」

光次郎が戸惑いも露《あら》わに問う。

「そうじゃ」

正之はドアの外、トンネルの壁を眺めながら返す。

「彼女が生まれてから十歳まで住んでおった家よ」

「住所、判るの」

「もちろんよ。番地を言うから、案内を頼むど」

光次郎はスマホを取り出し、打ち込みながらぼそっと言う。

「どこから得た情報です？」

「おいも鹿児島県警とはいえ、元刑事よ。まあ、それくらいはな」

「東京じゃ右も左も判らないのに、よく言うぜ」

機嫌が悪いようだ。無理もない。最愛の女が突然、消えたのだから。

「大方、本庁のデカがネタ元でしょ。調子のいい内海、とか」

調子のいい、か。思わず笑ってしまう。ドアのガラスに映った元極道が睨んでいる。正之は笑みを消し、語りかける。

「たしかにおいは地理不案内よ。おまえがおらんとどもならん」

電車はトンネルを走り続ける。

「まこち、地下鉄のような電車じゃね。ずっとこげん調子か」

「たしか笹塚の手前で地上に出るよ。京王新線に乗っても同じ」

京王新線？　そういえば新宿駅地下で案内板を見たような。ならば――。

「地下を二本、電車が並行して走っておるのか？　地下鉄でもなかのに？」

そう、とガラスに映った光次郎がうなずく。

「ただし、京王新線は途中に初台《はつだい》と幡《はた》ヶ谷《がや》の二駅がある。おれ達が乗るこの京王線なら一つ目の駅が笹塚。当然のチョイスだね」

　正之は頭の中で路線図を描いてみる。

「そうすると、京王新線はその初台と幡ヶ谷二駅のためにに敷かれたのか？　わざわざ地下を掘って」

　うーん、と光次郎は難しい顔になり、

「そうともいえるけど、京王新線は都心の方向だと、新宿から先はモノホンの地下鉄の都営新宿線に繋《つな》がり、東京をどーんと横断して千葉県市川《いちかわ》市の本八幡《もとやわた》まで行ってるな。逆方向の郊外方面は笹塚から先、京王線に合流するけど」

　はあ、としか言いようがない。光次郎はかまわず説明する。

「新宿と八王子《はちおうじ》を繋ぐ京王線は新宿が終点だけどね。それに、京王線も京王新線ができるまでは初台と幡ヶ谷に停車していたはずだよ。もっとも京王新線のとは違う駅だけど」

　なら、その京王線の地下二《ふた》駅はどうなった？　もう、わけが判らん。正之はため息交じりに愚痴る。

「田舎のおんじょ（年寄り）には、道路だけじゃなく、電車の路線も迷路のごたる」

「進学とか就職で上京してきた若い連中も、激しく戸惑うらしい」

光次郎は慰めるように言う。

「大規模な再開発プロジェクトを延々と進める渋谷《しぶや》駅なんか、いつ行っても工事中で日本のサグラダ・ファミリアと呼ばれてさ。駅構内の電車の乗り降りは、世界一利用者の多い新宿駅より複雑だもんね。別名、渋谷ダンジョン（地下迷宮）だから。たとえば――」

思案するように視線を宙に巡らし、

「銀座《ぎんざ》線は地下鉄なのに駅のホームは明治《めいじ》通りの上空。東横《とうよこ》線はたしか地下五階じゃなかったっけな。もう核シェルター級だぜ。渋谷駅の路線は他にＪＲ各線、井《い》の頭《かしら》線、半蔵門《はんぞうもん》線、田園都市《でんえんとし》線、それから池袋《いけぶくろ》、新宿、渋谷を縦断する副都心《ふくとしん》線もあるしね。アプリも使えないおやっさんなら、迷ったら一日中出てこれないかもよ」

冗談になっていない。銀座線はたしか日本で最初の由緒ある地下鉄と記憶するが、明治通りの上空が駅のホームなら電車はどこから地下へ入るのか？　東横線は地下五階にホームだと？　ますます、わけが判らん。

「東京は地方から外国から、どんどん人を呼び込み、日々変化を続ける、モンスターみたいなメガシティだもんね。のんびりした田舎の街とはまるっきり別世界だよ」

桜島の灰が降るなか、バスやタクシーに交じって市電が縦横に行き交う鹿児島市。タワーマンションや高層ビルはそれなりに建ち、郊外の高速道路やバイパスの整備こそ進んだものの、都市の根幹を成す鉄道インフラ面は昭和とあまり変わらない。もちろん地下鉄も、それに付随する地下街も遥か別世界の話。目立つ変化といえば、旅情をそそる三角屋根の西鹿児島駅が、九州新幹線の開通と共に、近代的な駅ビルの鹿児島中央駅に変わったくらいか。

地下を延々と走る電車。そのガラスに映ったソフト帽のエセ紳士が、ここはおいの街じゃなか、と泣きを入れる。

「やっぱ、東京はすごかね」

ぼそっと独り言のように言う。と、窓の外が明るくなる。車両内に陽光があふれる。地上に出た電車は大小のビルと家屋が乱立する街を走る。次は笹塚か。減速し、高架上のホームに滑り込む。

階段を下り、笹塚駅の外へ。光次郎はスマホのマップで現在地を確認、浅野弥生の実家住所に向かって歩を進める。上空を首都高速道路が塞ぎ、左右にビルがびっしり連なる甲州《こうしゅう》街道を渡る。狭い路地に電信柱がずらっと立つ商店街を歩き、左折。住宅街に入る。光次郎はスマホで現在地を確かめつつ、顔を上げ、住所をチェック。

「番地でいうと、ここら辺りの戸建てなんだけど」

足を止める。アパート、マンション、戸建て住宅が混在するエリア。白い塀に囲まれた大邸宅もある。

「やっぱ、これだなあ」

光次郎は自信なげにあごをしゃくる。戸建てではなく、五階建てのこぢんまりしたマンションだ。

「建て替えられたのかね。幼い娘の突然死に、カルトによる家庭崩壊、それに父親の自殺。縁起が悪すぎる、とかでさ」

正之はソフト帽を指で押し上げ、ぐるりと見回した後、

「ざっと聞き込みをやるかの」

へえ、と光次郎が興味津々《しんしん》の面で返す。

「近所の人たちに当時の浅野家のことを訊《き》いて回るってことかい」

「ちがう、浅野家じゃなか」

光次郎は首をかしげる。

「当時は増田《ますだ》姓よ。弥生さんの、自殺した父親は増田はるお、晴れる夫で晴夫。浅野ではりきって訊き回っても徒労《とろう》に終わってしまうど」

ちっと舌を鳴らし、どうせおれはトーシロだよ、と吐き捨てる。

「では、行こうかい」

正之はくたびれた革靴を踏み出す。

「おやっさん、効率よくいきません？」

光次郎が冷ややかな目を向けてくる。

「大の男が二人で回るの、無駄だよ。手分けしてちゃっちゃとやりましょうよ」

正之は両腕を組み、元極道の全身を眺め、うーん、と渋い面をつくる。

「おれだって話を訊くくらいできるさ」

光次郎は不満気に返す。

「中卒だと思って舐めるなよ」

ちがう、誤解すな、と元刑事は手を振る。

「おまえのようなスーツをぴしっと着た若いイケメンが、突然訪ねてきたら警戒するだろうが。特殊詐欺か闇バイトの悪党ち思われても仕方なか。下手したら即一一〇番よ」

一見すると、線の細い優男だが、育った環境と、独りで生きてきた世界が裏ゆえ、全身から漂う剣呑《けんのん》なオーラは隠せない。

「そんなに人相、悪いかな」

あごをしごき、納得のいかない様子だ。

「人相は悪くはなかが、雰囲気がな」

元鹿児島県警刑事は背を向け、

「昔とった杵柄《きねづか》よ、ここはおいに任せとけ」

さっさと歩く。光次郎は渋々尾《つ》いてくる。一軒目、訪問販売と思われ、シャットアウト。二軒目、三年前に引っ越してきたのでそんな昔のことは判らない、で終わり。三軒目、二階の窓から顔を出した青白い顔の若い男に用件を告げると、つまんねえことでチャイム鳴らすな、と怒鳴られ、窓をピシャリと閉じられる。なんだこの野郎、といきりたつ光次郎をなだめて次へ。四軒目も五軒目も留守。六軒目、庭で樹木の剪定《せんてい》中の中年女性に、セールスですか、と胡散臭《うさんくさ》げに問われ、話の半分も聞かず、間に合ってます、とけんもほろろ。

「おやっさん、無理無理。もうやめようぜ」と、うんざり顔の元極道に、元刑事は笑顔で言う。

「おまえは警察官にならんじよかったね」

現役時代は凶悪事件が発生すると、聞き込みで月に革靴を二、三足、履き潰すこともあった。空振りがいくら続こうと、刑事は一パーセントの可能性に賭けてひたすら歩く。諦《あきら》め、歩みを止めた時点ですべて終わり。ゲームセット。が、歩き続ければゲームは続く。奇跡のような大逆転もあり得る。もっとも、擦り減る靴は玉に瑕《きず》。家計を考え、安い合皮のスニーカーに代えようとしたこともあったが、慶子にもっそな（すごく）怒られた。

「刑事が商売道具の足を安もんの靴で間に合わせようとは、どげなセコか了見《りょうけん》ですか。相手に文字通り足下《あしもと》を見られますが。よか靴で胸を張って、はしっときばいやんせ」

毎朝、玄関には慶子がピカピカに磨き上げた革靴が行儀よく並んでいた。アイロンのかかったワイシャツにネクタイを締め、背広に袖を通し、靴を履くと、気持ちがいやでも昂《たか》まった。そんな、二度と還《かえ》らぬ、凜とした幸せな情景を反芻《はんすう》しながら聞き込みを続ける。

十五軒目、アーチ窓の洋館のインタフォンを鳴らす。ハーイ、とスピーカーから華やかな声。手短に用件を伝えると、ステンドグラスをはめ込んだ分厚い玄関ドアが開き、銀髪の上品な老女が現れる。正之はすがる思いで、「突然、申し訳なかです」と頭を深く下げる。もちろん神妙な面持ちをつくることも忘れない。

アイボリーのセーターに、萌黄《もえぎ》色のスカート、水色のサンダルというこざっぱりとした格好の女性は躊躇なく玄関ドアからアプローチを歩き、門の前までやってくる。しかも柔らかな笑みまで浮かべて。どうした？　東京の人間にしては些《いささ》か警戒心が薄くはないか？　困惑する正之をよそに、どこのお生まれですの、と屈託なく訊いてきた。

なるほど。合点がいった。言葉のイントネーションに興味を持ったのだろう。ならばこっちの土俵。ソフト帽の横ばいのこじっくい(小太りの人)は胸を張って答える。

「生まれも育ちも鹿児島でごわす。昨日、羽田に着きもした」

あら、そうなの、と優雅に微笑み、

「女子大時代の親友が鹿児島のコで、夏休み、お邪魔したことがあったわ」

それはそれは。女性は目を細め、追慕する表情で唄うように語る。

「ご実家が鹿児島市の平之町《ひらのちょう》でね。そこを拠点に指宿《いぶすき》や霧島、桜島に遊びに行ったの」

平之町は鹿児島市の一等地である。自宅を構えるとなると、親友とやらの実家はいわゆる富裕層だろう。

「平之町なら市の中心で、なにかと便利ですな。甲突川の畔《ほとり》で、近くには島津斉彬《しまづなりあきら》公を祀《まつ》る照國《てるくに》神社もザビエル教会も、島津家の居城である鶴丸《つるまる》城の跡地も、たしか向田邦子《むこうだくにこ》の住居跡もありもす。天文館も近か」

そうそう、と女性が瞳を輝かせる。

「お散歩の途中、西郷隆盛の大きな銅像も見学したわ。上野公園の犬を連れた親しみやすい西郷さんと違い、ぴしっとした軍服で威厳があったな」

そらそうよ。生まれ故郷で人々の尊敬を一身に集める、初代陸軍大将の軍服姿の我が西郷《せご》どんを、鳩の糞で汚れた兵児帯《へこおび》着流しの銅像と一緒にしてもろうては困る。

「会社経営のお父様がハンドルを握るＢＭＷで背後にそびえる城山に向かい、途中、西郷洞窟にも立ち寄ったけど――」

一転、顔色が曇る。

「柵《さく》で囲われた暗い、陰気な洞窟だった」

正之は朗らかに言葉を添える。

「西南戦争で敗走した西郷どんが最期まで指揮をとった、とても重要な史跡でごわすな」

「その後、城山のホテルのラウンジで昼食と素敵なトロピカルカクテルを御馳走になったの」

皇族御用達の、鹿児島一格式の高い名門ホテルである。得意満面のＢＭＷ親父が目に浮かぶ。

「ホテルからの景観が抜群で、眼下に広がる整然とした街並みと、紺碧《こんぺき》の錦江湾、噴煙を上げる青紫色の桜島がとってもきれいだった。鹿児島市はナポリの姉妹都市らしいけど、あの絶景、ベスビオ火山に決して負けていないと思うわ」

上気した表情が胸に痛い。大西郷終焉《しゅうえん》の悲劇の地と、高級ホテルで壮大なパノラマを眺めながら愉しむトロピカルカクテル。質実剛健を旨《むね》とする西郷原理主義の薩摩っぽには、些か割り切れない思いもあるが、観光客は大概そげなもん。沖縄も北海道も同じ。リアルな重い歴史よりは、目の前の享楽《きょうらく》である。ここはすべてを呑み込み、愛想をひとつ。

「また、ぜひいらして欲しかですな。女子大生のときは見えんかったものが見えるかもしれもはん」

そうね、と微笑んだ後、我に返ったのか表情を引き締める。

「増田さんのことでしたわね」

ええ、まあ。正之は空咳を吐き、改まって問う。聞き終わった女性は、もう十五年になるのね、と感慨深げに言う。

「あのお宅、いろいろとご不幸があったのは存じていますけど、お付き合い、なかったもの。いつの間にかお引っ越しされてしまったし、詳しいことはなにも判らないわ。お役に立てなくてごめんなさい」

そうか、ダメか。ん？　視界の端で人影が動く。光次郎だ。まことにすみません、と一歩前に出て、切迫した面持ちで問いかける。

「女の子のこと、記憶にありませんか？　長女で、名前は弥生」

えっ？　と女性は小首をかしげる。顔を紅潮させた光次郎は勢い込んで尋ねる。

「次女の雅美が突然死したとき、弥生、まだ八歳です。どうしてました？」

女性は、その鼻息の荒さに恐れをなしたのか、身体をこわばらせ、後ずさりする。正之はいきり立つ元極道の肩を背後から押さえ、落ち着け、と囁く。が、光次郎はかまわず肩を回して手を振りほどき、つかみかからんばかりに迫る。

「お願いします、教えてください。弥生はおれの大事な女なんです。おれ、弥生のことならなんでも知りたくて」

女性はその迫力に気圧《けお》されたのか、それとも意気に感じたのか、指をこめかみに当て、記憶を喚起するように暫し沈思《ちんし》した後、そういえば、と口を開く。

「あのコ、とっても頑張り屋さんでね。下の娘さんが亡くなり、おかあさまが塞《ふさ》ぎこんで外出できなかった時期があったんだけど、ひとりでスーパーに買い出しに行き、ちっちゃな身体で大きなポリ袋を運んでいたわ。一度、持ってあげようか、と言うと、笑顔で、ありがとうございます、でも自分でできます、と健気《けなげ》なのよ。おそらく、見様見真似で台所仕事もやってたんじゃないかしら。紅葉《もみじ》みたいな手に切り傷がいくつもあったから」

当時の情景を想い出したのか、瞳が潤む。

「おかあさまのこと、大好きだったのよ」

声が湿りを帯びる。

「目が虚《うつ》ろでガリガリに痩《や》せたおかあさまの手を引いて、ママ、お医者さんに診《み》てもらおうね、きっと治るよ、とわき目も振らず歩いていたこともあったわ。幼い娘さんが亡くなり、落ち込んでいるおかあさまの健康を取り戻したい一心だったのね」

やりきれない、とばかりに首を振り、

「おかあさまが新興宗教にはまって、色々と大変だったみたいだけど、子供に罪はないものね。かわいそうに」

「ご主人は自殺されたち、聞いちょります」

そうなのよ、と目を伏せ、沈黙。首都高速の音が低く重く響く。

「ごめんなさい」

女性が唐突に言う。

「そのあたりの事情はなにも判らないの」

いいえ、と正之は頭を下げる。光次郎は血の気の失せた顔で、ありがとうございました、と蚊の鳴くような声を絞り出す。弥生の幼い時分の大変な苦労と健気な頑張りを知り、ショックは隠せない。

あの、と女性が眉間に筋を刻み、心配げに問う。

「お二人はいま、どうされていますの？」

この街からひと知れずかき消えた母娘《おやこ》。喉をごくりと鳴らし、光次郎が口を開こうとする。正之はとっさにスーツの背をつかみ、引く。

「判れば苦労せんのですが」

深刻な顔で返す。

「ヤンチャなこいつとわたしは腐れ縁でして」

目配せで隣の元極道を示す。

「腐れ縁の詳細は他人様《ひとさま》に披露できるようなことじゃなかですが、わたしは息子のように思っているこいつのためにも」

言葉に力を込める。

「やっと幸せをつかみかけている弥生さんご自身のためにも、彼女と母親の居所が判れば、ち思うて鹿児島から駆け付けもした」

なあ、と同意を促がす。光次郎は殊勝《しゅしょう》な表情で、

「おれ、うまく言えないけど、弥生さんを心から幸せにしたいと思っています」

言ったそばから己のクサいセリフに照れたのか、真っ赤になる。が、育ちのいいお嬢らしき女性は、そういうことなの、と憐憫《れんびん》の眼差しを向けてくる。正之は万感《ばんかん》の思いを込めて返す。

「大都会東京では、人間がいったん行方を絶つと、なかなか探せんもんですな。弥生さんたちはどこへ行ってしもうたのか。まるで深いジャングルのごたる」

女性は、そうね、とばかりに小さくうなずく。

ここらが潮時だろう。正之が一礼し、失礼します、と踵《きびす》を返そうとしたとき、あの、と声がかかる。そらきた。ゆっくりと、焦らすように振り返る。思い詰めた

表情の女性が一歩、踏み出し、

「これ、わたしから聞いた、と言ってもらっては困るんですが」

声のトーンが落ちる。正之も同様、小声で、もちろんです、迷惑はかけもはん、と刑事に戻ったつもりで真摯に、穏やかに返す。女性は周囲にさりげなく警戒の視線を送り、

「事情通の方がいらっしゃるの」

事情通？

「ええ、この街を知り尽くした古だぬき――」

いけない、とぺろっと舌を出し、

「吉野《よしの》さんという古老の方で、いろんなことに精通していらっしゃるのよ」

それはたのもしかおひとじゃ、と感嘆の面持ちをつくり、

「ぜひ、お目にかかりたかですな」

吉野なる古老の住所を教えてもらい、丁寧に礼を述べ、辞去《じきょ》する。

「おやっさん、でたらめじゃん」

スマホで吉野宅への順路をたどりながら、光次郎が口を尖らす。

「あの品のいいばあさんに弥生と母親の現状を訊かれ、知らない、とすっとぼけたでしょ。あれ、おやっさんらしくないと思うんだけど」

誠実で生真面目な元鹿児島県警刑事、と思い込んでいるのだろう。口八丁手八丁の警視庁刑事とは違う、とも。が、刑事の仕事に県警も警視庁もない。そげん買いかぶるな、と胸の内で告げ、

「嘘も方便よ」

しれっと答える。

「ご丁寧に手持ちのカード全てを晒して聞き込みを行うバカはおらんど。臨機応変に事実とフィクションをまぜて情報収集に繋げる、それが刑事の仕事よ。警視庁も鹿児島県警も変わらん。現に、おいとおまえは首尾よく同情を買い、彼女も最大限、協力してくれたろうが」

はっ、と肩をすくめ、光次郎は足を速める。

「幻滅したか?」

「自分も含めて、それほど人間に期待していないから」

なるほど。

「賢明じゃな」

件《くだん》の古老宅は四つ角を右に入った路地の奥にあった。古い平屋の戸建てで、周囲には鬱蒼《うっそう》と樹木が茂り、さながら山奥の庵《いおり》風である。古びたセメントの支柱二本が立つ玄関口でブザーを押すと、しばらくして引き戸が悲鳴のような音を立てて開き、なんじゃ、と塩辛《しおから》声が飛ぶ。鶯《うぐいす》色の作務衣《さむえ》を着込んだ小柄な老人が現れる。日焼けした丸い禿頭《とくとう》に、ぎょろっとした険しい目と、への字にまげた唇。胸まで届く、真っ白なひげ。さながら偏屈な仙人、といった風体《ふうてい》である。目尻の深いシワとたるんだほお、くすんだ渋皮色の肌から、年齢は八十過ぎ、いや九十を超えているかもしれない。

「吉野さん、突然すみません」

頭を下げる。隣に突っ立つ光次郎の後頭部を押さえ、おまえも下げんか、と一喝《いっかつ》。こういう一癖も二癖もありげな老人の前では、礼儀重視を誇示するに限る。刑事時代の教訓である。古だぬき、いや古老は両腕を組み、値踏みするように目を這《は》わせる。

「吉野さんはこの辺りの事情に精通していらっしゃる、百科事典のような方だと聞いておりまして」

正之は穏やかに言葉を重ねる。

「とても温情にあふれる街のご意見番だとも」

「なにが訊きてえんだよ」

余計なやり取りはいらねえ、とばかりに本筋に斬り込んでくる。ありがたい。こっちも余計な手間が省ける。

「増田さんの家のことです」

ますだ、と片眉がぴくりと動く。

「自殺した増田晴夫さんです」

どういう関係だ？　と胡散臭げな視線を投げてくる。正之は手短に説明。自分は興信所の人間で、増田家の人間の依頼を受け、当時、八歳だった長女弥生の行方を捜していること――嘘も方便。光次郎は一歩下がった位置で無表情を装う。

吉野は白いあごひげをしごき、

「投身自殺したんだ。新興宗教にはまった京子に責められ、新宿のビルから飛び降りてな」

「相当悩んでいらしたのですね」

どうだろう、とシワ首をひねり、

「現場は甲州街道沿いの雑居ビル屋上だ。かなり酔っぱらっていたらしいが――」

意味深な目を向けてくる。唇が皮肉っぽくゆがむ。

「新興宗教の連中に酒、無理やり飲まされて突き落とされたんじゃないかって噂もあったな」

ごく、と喉が鳴る。光次郎だ。目を丸くしている。正之も驚きの表情をつくり、

「噂が本当だとすると保険金狙いですかね」

「それと邪魔者の抹殺《まっさつ》な」

躊躇なく答える。

「とち狂った京子、安物の宝石とか壺をバカ高値でばんばん買い入れ、自宅まで売り払う勢いだったからな。晴夫と大揉めに揉めて、口うるせえ親戚まで出張《でば》ってきて、多勢に無勢よお。にっちもさっちもいかなくなり、晴夫が邪魔で仕方なかったんだろ。晴夫を消せば保険金も手に入るわ、一石二鳥だ。怖い女だぜ」

「晴夫さんは犠牲者ですな」

「そうとも言えねえだろ」

突き放すように返す。

「次女が突然死した後、京子は寝込み、うつ状態になったんだ。ところが晴夫は家に寄り付かず、酒と女にうつつを抜かしてよ。まあ、家に帰っても面白くなかったんだろうな。でも、一家の大黒柱としての責任ってもんがあるだろ」

「おっしゃるとおりです」

「おれは一度、意見してやったんだ。夜中、酔っぱらってふらふら歩いてっから、おまえがしっかりしなきゃダメだろ、残された娘のためにも生き直せ、とな」

「どげんでした？」

どげん？　と目をすがめる。

「ああ、わたしは出身が鹿児島でしてな」

ふん、とつまらなそうに鼻を鳴らし、事情通は首を振る。

「ほっとけ、おれにかまうな、他人におれの気持ちが判ってたまるか、で終わり。おれは、失意のどん底に沈み、四面楚歌《しめんそか》の京子が新興宗教にすがるのも判る気がするぞ」

「かわいそうなのは長女の弥生さんです」

そりゃそうだ、と沈鬱《ちんうつ》な表情になり、

「小学校低学年の弥生がひとりで面倒みてたからな。買い物に掃除、病院への付き添い。ヤングケアラーのはしりみてえなもんだ」

「母親のことが好きじゃなきゃできもはんな」

「子供はどんな親でも親なんだよ」

含みのある物言い。正之は次の言葉を待つ。

「半分死人みてえな京子が新興宗教に入り、カンフル剤を打たれた猿みてえにしゃきっと元気になったらなったで、また苦労も増えてな」

「苦労？　どげな？」

「家ん中じゃあ、晴夫を、あんたが諸悪の根源、あんたのために可愛い娘が死んだ、地獄に堕ちろ、とガンガン責めたて、霊感商法にはまって預貯金を吐き出し、しまいには家を売ってカネをつくれ、と迫り、つかみ合いの大ゲンカだ。パトカーが出動したことも一度や二度じゃねえからな。そんな両親の醜い修羅場《しゅらば》を目の前で見せられてみろ。神経、おかしくなっちまうぜ。しかもだ」

ひと呼吸入れ、

「布教活動にも引っ張り回されてよ。いつもニコニコ元気な声で、が合言葉だ。布教がうまくいかねえと殴る蹴るのひでえ折檻を受けていたらしい。カルトに洗脳され、正気を失った母親の憂さ晴らしだな」

きり、と歯を嚙む音がした。光次郎がほおを隆起《りゅうき》させ、親の仇《かたき》のように宙を睨む。吉野は、あー、いやだいやだ、と顔をしかめ、

「それでも、ママ、許して、捨てないで、とすがっていたんだと。周りからは一卵性母娘、と呼ばれてたな。異常だろ。弥生、いったいどんな人生を送ってんのかねえ」

では吉野さん、と正之は一歩、踏み込む。

「いま現在、弥生さんの居所は判らんということでしょうか」

当然だろ、と返す。

「この街を離れた連中のことが判ってたまるか。超能力者じゃあるめえしよ。おれはクロテツじゃねえから」

「クロテツをご存じですか」

「霊感商法の親玉で有名だもんな。表にはめったに出ず、裏で信者を操るカルトの黒幕だ。ワイドショーも散々やっただろ。そのクロテツに京子がぞっこんでよお」

言葉が妙に上ずる。

「晴夫の自殺後は新興宗教にどっぷり浸かってな。おれも熱心に誘われたよ。おれが家持ちの独り者で、隠居生活で呑気にやってっから上物《じょうもの》のターゲットと踏んだんだろうな」

エヘン、と咳払いし、当時の誘い文句を披露する。

「我が新基督霊導教会へ入信したらサタンと無縁の幸せな人生が待っている、キリストの生まれ変わりである黒田鉄之進会長のありがたい話が拝聴できる、健康長寿間違いなし、なんでも夢が叶《かな》う、とかうまいこと言ってよ。まあ、おれも冗談半分で、なんでも叶うんなら、あんたといい仲になれるのか、とコナかけたら、即答よお」

顔を朱に染め、声を潜める。

「微笑み、信者になるならＯＫよ、と色っぽい目付きと甘い猫なで声でな。京子は当時、四十前の女盛りで、すらっとしたモデルみてえなマブだから、もうびっくりよお」

目が淫靡《いんび》な光を帯びる。

「ホントか、ウソじゃねえだろうな、と念押しすると、急に雰囲気が変わってよ。虚《うつ》ろな、とろんとした目を向けて、肉体はだれに何度汚されようがまったく問題ない、魂さえ透明で美しければいい、と本を朗読するみてえに喋《しゃべ》ってな。おれは怖くなっちまって、それ以上は進まなかったけど、あの女、必要ならだれにでも股開くぜ。おそらく、クロテツに仕込まれたんだろうな」

目尻を下げ、へらへら笑う。

「弥生もクロテツにやられてんじゃねえのか。母娘《おやこ》ドンブリってやつだ」

ぶっ殺すぞ、と怒声が飛ぶ。顔に朱を注いだ光次郎だ。歯を剥き、拳を固め、いまにも殴りかからんばかりだ。

「このエロじじい、勝手なことばかりほざきやがって」

なんだ、このクソガキ、と吉野も禿頭を真っ赤にして吠えるが、腰が引けている。野郎っ、と元極道が突進する。正之はその背中にしがみつき、バカタレ、落ち着け、と身体を張って制止する。

おまえら、警察呼ぶからなっ、と捨て台詞を残した吉野はそそくさと玄関に入り、引き戸をピシャリと閉める。

「ほら、行くぞ」

興奮収まらぬ光次郎を引きずるようにしてその場を離れる。

「聞き込みで相手の言葉に腹をたてては仕事にならん」

「どうせおれはトーシロだよ」

乱れたスーツとネクタイを整える。ほおが火照り、息が荒い。そんなに興奮することか？　釈然としないものを抱え、正之は歩く。

「おやっさん、次は新宿ですか？」

なに？

「あのじじいが言ってたでしょうが。晴夫が飛び降りたの、新宿の甲州街道沿いの雑居ビルだって。教団の連中による他殺の可能性もあるんだから、ここは調査のしどころだと思うけど」

ばかな、と一笑に付す。

「ああいう事情通は話を盛るのが大好きでな。小耳にはさんだ真偽不明のヨタ話を、ここぞとばかりに針小棒大《しんしょうぼうだい》に披露して、驚かせ、悦《えつ》に入《い》る、実に厄介な人種よ」

光次郎は横目で睨みをくれて不満気だ。正之はさらに言う。

「教団の性格からして、そこまで愚かじゃなか。カネはとことん搾《しぼ》り取るし、借金を苦にした信者が死のうが蒸発しようが毛筋ほども気にせんが、官憲に睨まれることは極力避ける、いわば現実的な新興宗教よ。おいは他殺はなかち思うちょる」

「元鹿児島県警刑事の勘ってやつかい」

そうじゃ、と正之は躊躇《ちゅうちょ》なく認め、言葉を継ぐ。

「勘で上等。もう警察官じゃなか。仮に教団がらみの他殺でも、おいが最優先すべきは、弥生さんの奪還よ」

これが現実。世界一の大都会、東京では元鹿児島県警のおんじょができることなど、たかが知れている。

くっと息を詰める光次郎。血走った目が虚空《こくう》を睨む。愛する弥生を思い、心は千々《ちぢ》に乱れているのだろう。正之は畳みかける。

「次は立川じゃ」

たちかわ、と呟《つぶや》き、合点がいったのか小さくうなずく。

「地平教の本部があるな」

「自宅もあるぞ」

自宅？　誰の？　と問いながら、元極道の顔色が変わる。

「弥生んちかい？」

「正確には、弥生さんと母親の現住所がある場所よ。またおまえに案内を頼まんといかんね。住所を言うど」

立ち止まり、手帳を開く。メモした住所を読み上げる。

「立川市柴崎町《しばさきちょう》二丁目――」

光次郎はスマホに打ち込みながら、ぼそりと問う。

「これもお調子者の内海の情報なの？」

「現役警察官はなにかと強かね。おまえも感謝せんと」

けっ、と端整な顔をゆがめ、だれが警察なんかに、と吐き捨てる。

午後十二時半、笹塚駅前の中華料理屋で昼食。光次郎はチャーハンを注文、半分以上残す。正之は酢豚ランチ、完食。

「きばって食わんと動けんぞ」

「おれはおやっさんみたく、神経太くねえから」

光次郎はお茶をズッと飲み干し、立ち上がる。顔色が悪い。その心痛は察して余りある。笹塚駅から京王線で府中《ふちゅう》市の分倍河原《ぶばいがわら》駅まで行き、JR南武《なんぶ》線に乗り換え、立川駅へ。

大小のビルが林立し、広い歩道を間断《かんだん》なく人々が埋め、大きな通りが縦横に走る立川市は、鹿児島市の中心街より賑《にぎ》やかに見えた。百貨店や飲食店が入る巨大な駅ビルの南口から街中へ。横ばいのこじっくいは雑踏をかきわけ、光次郎の後を尾《つ》いていく。みるみる歩みが速くなる。その背中に濃い不安と焦燥が漂う。

多摩モノレールの高架線路から西へ約二百メートル。立川駅を出て約十分、保健所の近くの古びた二階建てアパートの前で光次郎は足を止める。錆《さ》びた鉄製の外階段に『栄荘《さかえ》』の表札がハリガネでくくりつけてある。

「ここだね」

大規模マンションに挟まれて立つ『栄荘』は一日中陽の射さない、陰気な安アパートだ。モルタル壁には無数の亀裂が入り、錆びた外階段はいまにも崩れ落ちそうだ。部屋は一階二階にそれぞれ六部屋。ベランダに洗濯物が干された部屋は皆無。

ガラス窓の割れた跡をテープで補修した部屋は五つ。

「まことに失礼ながら、廃墟のごたるね」

同感、と光次郎は応じ、さっさと朽《く》ちかけた外階段に向かう。

「二〇六号室だと二階の角部屋だね」

錆びた鉄製の階段を踏む。正之も続く。

「弥生さんはおまえと同居しとったのか？」

「あいつはネットカフェとかビジネスホテルを転々としてたよ。つまり住所不定。歌舞伎町じゃ珍しくないけどね。男も女も、若いのも年寄りも、いっぱいいるよ」

「まるで流れ者の群れのごたるね」

流れ者の群れ、チョーうける、と光次郎は笑い、

「一般論で言うけど、借金とか暴力から逃げるには身軽な住所不定じゃないと、なにかと面倒なんだよ」

そうか。気持ちが塞ぐ。

陽の射さない、暗い開放廊下にはファストフードの包み紙や箱が散り、排ガス臭い冷気がよどんでいた。三月中旬。桜の開花も間近というのに、ここは真冬のまま

だ。

廊下の端、浅野の表札が掛かった角部屋。光次郎は躊躇なくインタフォンを鳴らす。返事なし。二度、三度、次いでドアを拳《こぶし》で叩く。ガンガン、と苛立たし気な音がビルの間に響く。光次郎の顔色が変わる。こめかみに青筋を立て、やよいーっ、と叫ぶ。眉をゆがめ、泣きそうな面で、やよいーっ、いるんだろ、と呼ばわる。

ギッと隣室のドアが開き、うるさいなあ、と間延びした声。ぼさぼさ頭に無精《ぶしょう》ひげ。パジャマ姿の、寝ぼけ面の若い男が現れる。

「そこ、誰もいないよ」

目をしょぼつかせ、欠伸《あくび》混じりに言う。

「時折、郵便物を取りにくるだけで住んでないよ」

突然、すんもはん、と正之は軽くソフト帽を上げ、慇懃《いんぎん》な笑みを浮かべ、

「ちょいとお尋ね申し上げます。どげな方が郵便物を取りに来らるっとですか」

うーん、と思案するように首をひねり、

「しゅっとした背の高いおばはんだな。いつも化粧をばっちり決めた、ちょいといい女」

「最近はいつごろでしょう」

そういや、と眠たげな目を宙に這わせ、

「昨夜、おれが夜遅く帰ってくると、珍しく明かりがついて、なんかガタガタやってたから、来てたんだろうな」

すいません、と光次郎が勢い込む。

「若い女の声とかしませんでした？」

さあどうだろ、と男は頭を左右に振り、

「おれ、いつものようにめちゃくちゃ酔っぱらっていたから、あんまりよく覚えてないけど、おばさんの金切《かなき》り声というか、怒鳴り声は聞こえたな。ひとりで怒鳴るこたあないだろうから、相手がいたのかもね。いや、ストレスたまったら便所でションベンしながら怒鳴ることはあるな。おれの場合だけど」

ヘラヘラ笑い、

「世の中、むかつくことばっかだもんね」

まことに、と正之はうなずき、

「よう判りもす」

男は、ほんとかね、と苦笑し、ドアを閉めようとするが、すぐになにかを思い出したのか、

「ひとつだけ忠告しておくね」

おもむろに前置きし、皮肉っぽい面で言う。

「このアパート、半分は空き家で、残りは耳の遠いばあさんとか引きこもりのプー、アル中のジジイだから、話聞いて回っても時間の無駄だよ。あしからず」

正之は、ご丁寧に、と一礼。男は片眼を瞑《つむ》り、

「おれは静かに惰眠《だみん》を貪《むさぼ》りたいだけ。じゃあ」

ドアを閉める。

「行こうかね」

正之は背を向ける。

「おやっさん、どこへ」

「あのにいちゃんの忠告を受け入れたわけじゃなかが、いまは時間が惜しい。弥生さんが、母親と一緒にいたことは間違いないいちなれば、おのずと行先は定まるわな」

「地平教の本部？」

そうじゃ、と足を速める。

「光次郎、案内せんかい。おいはもっそな（とても）意欲はあっても、右も左も判らん田舎者じゃっど。山の興奮したイノシシのようなもんじゃ」

まかせとけ、と光次郎はダッシュ。

「霧島のイノシシをおれが先導してやる」

前に出るや、錆びた階段をすっ飛ぶように駆け下り、スマホを操作。北口だね、と言い置き、走り出す。みるみる背中が遠ざかる。

「こら、待たんか」

正之は両腕を振って走る。心臓がドクドク鳴る。息が上がる。

「おんじょち思て舐むんなよ」

正之は腿《もも》を上げ、歯を喰いしばり、懸命に追った。

第八章　対　決

　立川駅の北口から三百メートルばかり進むと、緑豊かな国営の昭和記念公園がある。その前、片道三車線の大通りを隔ててそびえる白亜のシティホテルの隣、クリーム色の十階建てビルが地平教の本部だった。正面に大理石の階段が五段あり、その先に大型回転ドアの玄関が。

　ぱりっとしたスーツ姿の男や女が颯爽《さっそう》と階段を駆け上がり、回転ドアの奥に消えていく。欧米人とおぼしき集団もいる。穏やかな昼下がり、回転ドアのガラスが春の陽光を反射して眩《まばゆ》く輝く。そこだけ切り取れば、丸の内の一流企業のオフィスビルのようだ。

「ここかあ」

　光次郎が壮麗《そうれい》なビルを見上げ、目を細める。

「相当、あくどいことをやんなきゃ、これだけのビルは建たねえわな。宗教法人で税もめちゃくちゃ優遇されてるし、坊主丸儲けのチョー拡大阪ってとこか」

なあ、おやっさん、と振り返る。正之は両手を膝におき、はあはあ、と炎天下の野良犬のように喘ぐ。

「なんだ、もうへばったのか？」

正之はソフト帽をつかみ上げ、額の汗をハンカチで拭い、かすれ声を絞り出す。

「なにをぬかすか。ウォーミングアップが終わったとこよ」

へっ、と光次郎は唇をねじって笑い、

「だよな。元鹿児島県警刑事がこれくらいで泣きは入れねえよな」

「当然じゃ」

それより、と正之はあごをしゃくる。回転ドアの両脇に立つ、グレースーツの二人組。右が背の高いアスリート体形。左が固太りの厳《いか》つい武道家風。異変を察知したのか、共に険しい視線を向けてくる。

「門番に要注意人物としてロックオンされたみたいだね」

光次郎は挑発するように見返す。不穏な空気が漂う。

「危機管理はばっちり、ちゅうことかいね」

「世間に恨みばっかり買ってるから、警戒心が強いんだろ」

行こかい、と正之は革靴を踏み出す。元極道はぎょっと目を剝き、

「おやっさん、性急すぎません？」

「おいは一秒でも早く、弥生さんの消息が知りたか」

もちろんおれもそうだけど、と光次郎は困惑の体《てい》で言葉を継ぐ。

「昨日の、『バッドガイ』のアジト突入も暴走ぎみでしょ。どうも釈然としないいんだよな。おやっさん、生き急いでいません？」

なにを言うか。が、上手く言葉が出ない。当たらずとも遠からず――。もしかして、と光次郎は意味深な目を向けてくる。

「末期ガンで焦ってたりして」

くっと苦い笑みが湧く。

「柴崎のアパートからここまで、優に一キロはあるど。駆け通しできる末期ガン患者のおんじょはなかなかおらんじゃろ」

そらそうだ、と応じながらも、光次郎の表情は納得していない。ここらが切り上

げ時。勘のいい元極道のペースで進めば直《じき》にボロが出る。

「おまえは来《こ》んでよかど。コーヒーでも飲んで待っちょれ」

さっさと歩く。光次郎は意を決したように唇を引き結び、小鼻を膨らませて尾《つ》いてくる。大理石の階段を踏み、回転ドアに向かって進む。前方に大きな影。グレースーツの二人が立ち塞がる。仁王立ちになり、横ばいのこじっくいを見下ろす。

「どちら様ですか」

背の高い方が慇懃《いんぎん》に問う。固太りの武道家風も怖い顔だ。威圧感たっぷりの二人を正之は見上げ、

「浅野京子さんに会いに来もした」

瞬間、二人がフリーズする。正之はここぞとばかりに言い募る。

「国家対策チーフの浅野さんです。娘の弥生さんのことで訊きたかことがある、と伝えてくださらんか」

背の高い方が値踏みするように目をすがめ、

「おたく、どこのどなた？」

「元鹿児島県警の者です。昨日、鹿児島から来もした」

正之は戸惑う二人に名を名乗り、次いで傍らの元極道を紹介。

「こっちは弥生さんの恋人でごわす」

むっと二人、息を呑む。表情に驚愕と警戒。

ちょっと、おやっさん、と光次郎が腕を引く。うるさか、と振り払い、続ける。

「行方が判らず、とても心配しておりもす。一刻も早く、弥生さんの無事を確認したか。母親の京子さんならよう知っておられるはず。以上」

額を突き合わせ、深刻な表情で話し合う二人。光次郎が、なにを企《たくら》んでいるのかな、と耳元で不安気に囁く。正之は小声で返す。

「この期《ご》におよんで狼狽《うろた》えたら、相手に足下を見らるっど。おいにまかせちょけ」

固太りがスマホを取り出し、どこかへ連絡を始める。背の高い方が玄関に駆け込む。回転ドアが物凄い勢いで回る。

おやっさん、国家対策チーフってなんだよ、と不機嫌な囁きが耳朶を刺す。

「こい（これ）も警察情報よ。内海さんに感謝せんとな」

ちっ、と舌打ち。

「お待たせしました。どうぞこちらへ」

口調も態度も一変した固太りが、熟練の執事のような物腰で案内する。回転ドアを潜る。典雅なお香の香りが鼻をくすぐる。

ロビーは別世界だった。ピンクの大理石の床に灯籠《とうろう》のような真鍮《しんちゅう》製の香炉《こうろ》が複数置かれ、スカイブルーの天井からはベルサイユ宮殿もかくやの巨大な黄金のシャンデリアが三基、吊るされている。

正面の白壁には、十畳はありそうな、呆れるばかりに巨大な絵画が、これを見よ、とばかりにどーんと掛けてある。羽織袴に総髪の、凜々《りり》しい顔立ちの大柄な男性が、群がる利発そうな子供たちを抱え、輝くばかりの笑顔で祝福している姿だ。教祖、黒田鉄之進だろう。だが、ミサイルをポンポン打ち上げる独裁国家の将軍様同様、実物より十倍は立派に、ハンサムに描いてある。

美術館のようなロビーを歩く。若い女性三人が控える受付カウンターがあり、来客用の木製のベンチが数脚。それぞれに、教団の豪華なパンフレットがこれ見よがしに置いてある。

「最上階へ上がっていただきます」

いつの間にか長身の男が戻っていた。

エレベータホール前で屈強な警備員三名によるボディチェック。携帯の提示を求められ、正之がガラケーを、光次郎がスマホを差し出すと、リーダーとおぼしきほお骨のはった厳《いか》つい警備員が、「この場で電源を切り、以後操作しないように。操作が判明した時点で携帯はスタッフのチェックを受け、異常がなかった場合でも即刻退去となります」と一方的に告げてくる。

なんだ、えらそうに、と光次郎が睨みをくれる。が、警備員は無視。表情を毛筋ほども変えず、ひとつ忠告しておきます、とさらに無機質な言葉を重ねる。

「ビル内は各所に監視カメラが設置されております。おかしな行動は即、判明しますのでご注意を」

警備員三名揃って冷たい蛇のような目を据えてくる。威嚇《いかく》のつもりだろうか。カルトに漂う異様な空気を肌で感じる。

警備員と別れ、グレースーツの二人と共にエレベータで最上階の十階へ。クラシック音楽が流れる無人の廊下を歩く。四方八方から監視カメラが睨むなか、前後を固太りと長身に挟まれ、囚人のように移動する。

「刑務所かよ」

光次郎が吐き捨てる。

廊下突き当たりまで歩き、固太りが木目も鮮やかなドアを引き開ける。さあっと光が溢《あふ》れる。二十畳、いや優に三十畳はありそうな、一面ガラス張りの広々としたフローリングの部屋だ。ほう、と光次郎が感嘆の声を漏らす。無理もない。磨き上げられたガラスの向こう、緑鮮やかな昭和記念公園が広がり、その遥か彼方に藍色の富士山がそびえている。高層ビルが林立する都心ではこの雄大なパノラマは望めないだろう。遮るもののない、まさに絶景である。

「素晴らしか部屋ですな」

グレースーツの二人、反応なし。両腕を後ろに回し、ドアの前で控える。まるで看守だ。監視カメラも天井に二基、壁面に三基。

「刑務所よりすげえや」

光次郎が至近の監視カメラを覗き込み、おつかれさん、と笑顔で手を振る。見た目は二枚目の優男だが、度胸は天下一品。チンピラの時分、極道と揉め、事務所に連れ込まれて酷《ひど》いリンチを食らい、血をジャブジャブ流しながら、ヤクザが怖くてワルをやってられるか、と凄んだという命知らずの、いわば超ぼっけもん（大胆不敵な男）である。相棒としては実に心強いが、キレたらどこまで暴走するか判らない危うさがある。まさに諸刃《もろは》の剣。

一抹の後悔が正之の頭をよぎる。やはり拙速過ぎたか？　もう少し慎重にコトを進めるべきだったか？　県警時代ならまだしも、いまはなんの後ろ盾《だて》もない、ただのひとりもんの田舎おんじょ（年寄り）。少なくとも慶子が存命中なら、ここまで大胆な行動はとっていない。ふっと苦笑が漏れる。まるでブレーキの壊れたがんたれクルマのごたる。

ダークグリーンのソファに座り、待つこと五分。それは突然、やって来た。ばん、とドアが開き、黒のパンツスーツの若い女性が現れる。後ろで結った髪と、中背の筋肉質の身体。油断のない目つき、隙のない身のこなしは、辣腕《らつわん》の女性刑事のようだ。無遠慮にぐるりと見回し、チーフの御到着です、とグレースーツの二人に告げ、親指で外を示す。とっとと出て行け、と言わんばかり。

男二人は肩をすぼめ、逃げるように部屋を後にする。入れ替わるように、背の高いスリムな中年女性が現れる。一瞬にして華やかな空気が満ちる。

クリーム色のスカートスーツに、オレンジのスカーフ、ターコイズブルーのピンヒール。艶やかな栗色のショートヘアときめの細かなアイボリーの肌に、白銀色に輝くダイヤのイヤリングが見事に映える。

ふわっと上等のコロンが漂い、ピンヒールが床を叩く硬い音が響く。一分の隙もない出《い》で立ちの中年女性は、引き締まった小麦色の脚で颯爽と歩いてくる。

黒のパンツスーツの女性はソファの背後に、ボディガードのように立つ。

中年女性は一枚板のテーブルを挟んでソファに座る。背筋を伸ばし、磨きあげた黒曜石《こくようせき》のような瞳を向けてくる。シャープなあごのラインに、つんと隆起した細い鼻と、ハート形の薄い唇。クールな美形だ。浅野です、と屈託なく微笑む。

「あなたが、元鹿児島県警の古賀正之さんね」

警戒の欠片《かけら》もない柔らかな声音に戸惑う。

「そしてお若い方が滝川光次郎さん」

光次郎は険しい目を据えたまま、軽く一礼。が、視線を一瞬たりとも切らない。敵意丸出しだ。イヤな予感がした。正之は不穏な空気を振り払うべく、ぐっと前のめりになり、

「柴崎二丁目の『栄荘』に行ってきもした」

あら、と浅野京子の顔が輝く。

「『栄荘』は弥生が高校生まで、わたしと一緒に住んでいたアパートよ」

「いまはだれも住んでおりませんな」

「苦しい時代を忘れないために借りているの」

凛とした瞳が窓の外、遠くに注がれる。ほおがバラ色に染まる。

「夫が亡くなり、母娘《おやこ》で口に出せない苦労をしたから」

なるほど、と正之は深くうなずき、

「ご主人の保険金と笹塚のご自宅を売り払ったカネは、教団へのお布施《ふせ》に回されましたか？」

ちょっと、と京子の背後に立つ女性が厳しい表情で足を踏み出す。いまにもつかみかからんばかりだ。が、京子は片手を挙げて制止し、

「もちろんです。我が地平教は人類の平和実現を目指す、誇り高き宗教団体。数々の崇高《すうこう》な活動の燃料となるお布施は、いわば信者の義務です」

有無を言わせぬ口調。ならば、と入手したばかりの最新情報でカマをかける。

「昨夜、柴崎のアパートで弥生さんと一緒でしたな」

刑事に戻ったつもりで京子の表情を観察。一瞬、瞳が揺れ、動揺の色が浮かんだが、すぐに平静に戻り、はい、と躊躇なく認める。

「話したいことがある、と連絡してきたので、忙しいなか、駆け付けたところ、もうびっくりですよ。どこの者とも知れぬ男と結婚したい、と言うんですから。あたしは言葉を尽くして考え直すよう説得しました。大事な娘だから当然です」

ねえ、滝川さん、とこぼれんばかりの笑みを投げる。

「あなたもそう思うでしょう」

元極道の二枚目面がみるみる紫色に染まる。屈辱と怒り。ほおが痙攣《けいれん》し、かすれた声が漏れる。

「弥生さんはこのビル内にいるのですか」

京子は値踏みするように見つめ、

「弥生はいま、心が乱れているため、療養を兼ねた再教育の最中です。我が地平教の将来を担う、大事な若手信者ですから。それより――」

わざとらしく小首をかしげて問う。

「あなた、いまのお仕事は？」

光次郎は目を伏せ、ぼそっと返す、

「水商売関係のスカウトマンです」

あらまあ、と京子は大仰《おおぎょう》に驚き、

「じゃあ、その前の職業は？　まさか大学を卒業後、ずっと女衒《ぜげん》みたいなお仕事をしてきたわけじゃないでしょ」

光次郎は一転、顔を上げ、正面から見つめ、

「おれは中卒です。縁があって、歌舞伎町で極道をやっていました」

京子の美しい顔が汚物でも見たようにゆがむ。光次郎は目を逸らさず語る。

「その後、師匠と慕う大幹部と共に組織を離脱し、秘書兼シノギの手伝いです。いまは――」

隣席に目配せ。

「この古賀のおやっさんの御尽力で堅気《かたぎ》として生きています」

京子は柳眉《りゅうび》を逆立て、嬲《なぶ》るように返す。

「堅気ぃ？　水商売のスカウトが？　しかも中卒でしょ。お話にならないわ」

声が高く、鋭くなる。

「弥生は短大を出ているのよ。結婚相手はわたしが相応《ふさわ》しい人物を探し出します。もちろん、我が地平教の信者です。それが絶対条件、地平教の根幹です」

あなたなど眼中にない、と言わんばかり。光次郎はなにかに耐えるように唇を噛み、言葉足らずでした、とひび割れた声を絞り出す。

「中卒、と言いましたが、授業にはほとんど出ていません。悪さするのに忙しかったもので。だから実際は小卒です」

京子は眉間を寄せ、吐き捨てる。

「とことんクズね」

「ええ、社会の底辺で蠢《うごめ》くクズ野郎です」

元極道は不敵な面がまえで返す。

「しかも、極道を辞めてまだ四年なので、暴排条例の五年ルールにばっちり抵触しちまうんですよ。まともな就職はハードルが高すぎて、当分は女商売で稼ぐしかない。おれも生きなきゃいけませんから。でもね」

ぬっと首を突き出し、低く、ゆっくりと語りかける。

「善良な市民の不安につけこんだ霊感商法や法外なお布施で稼ぐ、どこぞの性悪のカルトとは違い、額に汗して働いています。もちろん、何の罪もない一般の人々を家庭崩壊や非業《ひごう》の死に追いやることもありません」

二人、睨み合う格好になる。背後の女性も顔を紅潮させ、刃物のような視線を飛ばす。空気がヒリついてくる。つまり、と正之は笑顔で割って入り、

「浅野さん、あなたのおっしゃる絶対条件とはイコール結婚の制限、明らかな人権無視ですな」

京子はむっとする。かまわず元鹿児島県警刑事は指摘する。

「婚姻の自由を保障する日本国憲法に、見事に反しておりもすな」

居直ったのか、京子はあごをくいと上げ、冷ややかな瞳を向け、

「邪悪なサタンと闘う、我が地平教の教えは日本国憲法の上にありますから」

めちゃくちゃなことをさらっと言う。これがマインドコントロールの怖さだ。言葉が勢いを増す。

「そもそも日本国憲法自体がサタンの国、アメリカの押し付けですからね。さっさと破棄してしまわないと、日本国は早晩、滅びてしまいます。地平教は我が日本国を守る最後の砦《とりで》、天が遣わした正義の戦士軍団と言っても過言ではないわ」

京子の顔に陶酔の色が浮かぶ。瞳が焦点を失い、夢見る乙女のように輝き出す。洗脳された者特有の、至福の表情である。正之は湧き上がる戦慄《せんりつ》を抑え込み、明るい口調で問いかける。

「そげん地平教とは良かものですかな」

京子は白い歯を煌《きら》めかせ、さも愉快気に笑い、

「良いとか悪いとか、そういうくだらない評価基準を超越しています。あなたはどこまで承知されているか知りませんが」

虚ろな視線をガラスの向こうにやり、

「あの昭和記念公園がまだ米軍立川基地であった時分、黒田会長は『新基督霊導教会』、後の『地球平和教会』を設立されています」

そうでしたな、と正之は言葉を引き取る。

「終戦から四年後、ＧＨＱ統治下の植民地状態の日本で当時二十歳の黒田鉄之進さんが天啓を受け、キリストの生まれ変わりとして布教活動に邁進《まいしん》された、とうかがっておりもす」

「よく知っているじゃないの」

京子は嬉しそうに微笑み、

「二度と戦争はごめんだ、と絶対平和主義を掲げ、米軍基地が数多《あまた》ある敗戦国日本の現状を憂い、無知な庶民に平和国家の意義と、世に潜むサタンの怖さを説き、布教して回ったのよ。でも、肝心の日本国が昭和二十六年、サンフランシスコ平和条約の調印で晴れて独立国家となっても、米軍基地は居座り、負け犬根性が染みついた日本政府はアメリカに従順なポチのまま。哀れ国民も右へ倣《なら》えの骨抜き状態。黒田会長の苦悩は続いたの」

「東京大空襲で家族全員を失い、ひとり生き残ったという大変な悲劇を背負ったお方じゃ。アメリカへの思いも複雑なものがあったのでしょうな」

我が意を得たり、とばかりに京子は大きくうなずくと、右手をすっと挙げ、外を指す。

「ほら、米軍横田《よこた》基地」

ひとさし指の先を追う。昭和記念公園の右奥、西北の方向、広大な滑走路から銀色のジェット戦闘機が飛び立つ。二機、三機、と物凄い勢いで春の少し霞《かす》んだ青空へと駆け上がる。ゴオーッ、と微《かす》かに爆音が聞こえる。

「横田空域って判ります？」

正之は光次郎と顔を見合わせ、首を振る。

「不勉強で面目なかです」

京子はひょいと肩をすくめ、

「第二次大戦後、連合国軍が日本の航空管制を掌握して以降、ずっと、日本国の独立後も、首都圏の上空は米軍が支配し続けています。これが忌《いま》わしき横田空域です」

ばかな、と光次郎が半笑いで反論。

「そんなのあり得ないでしょう。日本国の領土ですよ。米軍が支配なんて、考え過ぎとちがいますか」

新興宗教の被害妄想、パラノイア的思考、と言わんばかり。京子は余裕綽《しゃく》々《しゃく》の表情で、

「あなたみたいな無知蒙昧《もうまい》な国民がいるから、サタンの国、アメリカに好き放題やられてしまうのよ」

ぎりっと歯が軋む音。光次郎のほおが隆起し、目が険しさを増す。が、京子は出来の悪い生徒を教え諭す明敏な教師のように滔々《とうとう》と語る。

「関東平野を含む、日本列島の中央部上空は米軍の支配下にあります。この空域を管理している米軍横田基地航空管制官の許可がなければ、日本の航空機は飛行できません。だから羽田空港は基本、東京湾と房総半島上空、最近緩和《かんわ》された都心の一部しか利用できず、常に大渋滞です。重大事故がいつ発生してもおかしくない、由々《ゆゆ》しき非常事態が続いています」

ほおが上気し、言葉のトーンが高く、強くなる。

「日本国の飛行機は首都東京の空を自由に飛べないのに、米軍機は爆音を上げて危険な訓練のし放題。米軍がその気になれば二十四時間、いつでもどこでも訓練できます。本国では禁止されている危険な市街地での低空飛行も同様。さらに――」

瞳が、そこだけ光を当てたように輝く。

「たとえばの話ですが、永田町《ながたちよう》の総理官邸に米軍戦闘機が墜落しても、日本の警察は一切手出しができません」

あり得ない、と光次郎は毒でも飲んだような苦い面でかぶりを振る。が、京子は冷静に返す。

「これは厳然たる事実です。日本における米軍と軍人、軍属、その家族の法的地位を定めた日米地位協定に明記されている通り、米軍の公務中のアクシデントは常に米軍に調査の最優先権があります。墜落した途端、戦闘機の軍事機密を守るべく、空から陸から米軍が殺到し、マシンガンを抱えた屈強な武装兵が総理官邸一帯を封鎖してしまいます。日本警察は指をくわえて遠巻きに見ているしかありません。自衛隊など一ミリも動けないでしょう」

じゃあ、と光次郎が沈鬱《ちんうつ》な面持ちで問う。

「日本はアメリカの植民地だと？」

「そうですよ」

京子は躊躇なく答える。熱っぽい台詞が部屋にビンビン響き渡る。

「逆に訊きますが、正規の軍隊を持たない国家が独立国と言えますか？　邪悪な敵が雲霞《うんか》のごとく攻めてきても、撃退できないのですよ。中国が宣戦布告したとき、在日米軍が立ち向かう保証はありますか？　日米安保条約？　あんなもの、ただの紙切れです。戦う意思のない日本国民を、海の向こうのアメリカが多くの若い命を犠牲にしてまで助ける義務がどこにあります？　下手したら中国と全面核戦争ですよ。まずもって米国議会と米国民が赦《ゆる》しません。アメリカ国民の大半はその位置さえ知らない、極東のちっぽけな島国、事なかれ主義に侵された臆病な羊さんのパラダイス、日本国は間違いなく見殺しです。国民一丸となり、捨て身でロシア軍と戦う勇猛果敢なウクライナとは国家の種類が違います」

光次郎は気圧《けお》されたのか、黙りこむ。

「我らが黒田会長は、そして『地球平和教会』は、米国の核の傘の下で骨抜きにされ、弱体化し、サタンに食い散らされ、滅びゆく日本国民を救うため、そして真の誇り高き独立を勝ち取るため、日夜闘っているのです。日本国が自主憲法と正規の軍隊を持ち、晴れてまともな平和国家となった暁《あかつき》には」

右拳を握り、歴戦の革命戦士のように高々と掲げ、腕を大きく振ってハイテンションのガッツポーズ。高揚した表情で叫ぶ。

「全人類の平和のために闘います。地平教の使命はどこまでも気高《けだか》く、尊いのです」

いくら気高くても、自殺者、家庭崩壊を数多生んできた霊感商法や莫大なお布施、人権を無視した結婚制限はまずいでしょう、との正論は通用しない。布教がうまくいかない鬱憤《うっぷん》晴らしに、幼い娘を虐待したあなたは人間として下《げ》の下《げ》、人でなしですよ、とのまっとうな指摘も同様。マインドコントロールが骨の髄まで食い込んだ京子には、ただの耳障りなノイズである。しかし、娘の弥生は違う。結婚の許しをもらおうと、恋人に内緒で母親に直談判したくらいだ。まだ望みはある。

ん？　光次郎が動く。ソファから滑り落ち、両膝をまげ、正座の姿勢をとる。やめろ、と制止する間もなく震え声を絞り出す。

「教団の素晴らしさ、存在意義はよく判りました。でも、弥生はおれがいなくちゃダメなんです」

両手を床につき、頭を下げる。決死の覚悟を剝き出しにした、なりふりかまわぬ土下座である。

「おれも弥生がいなくちゃ生きていけません。どうか弥生を返してください」

とっとと死ねば、と京子はあざ笑う。鼻にシワを刻み、目を細めた侮蔑の表情で土下座する元極道を見下ろす。

「わたしの大事な娘、掌中《しょうちゅう》の珠《たま》だよ。愚かなチンピラ風情が、なにをイキってんだ。おまえ、自分の身分が判ってんのか？　底辺のド底辺じゃねえか」

正之は慄然《りつぜん》とした。表情も、言葉も、まるで人間が入れ替わったように凶暴に、下品になる。

「おまえ、この先、なんもいいことねえから、とっととくたばれよ。昭和記念公園の木にロープ垂らして、首吊って死ね。将来、腹減らして、どっかのきったねえ街でドブに顔を突っ込み、野垂れ死ぬよりいいだろ」

うう、と元極道のうめき声が聞こえる。土下座のまま屈辱に身を震わせ、泣いている。バクチ狂いの父親の死後、自宅に居座った悪党から酷い虐待を受け、優しかった母親にも暴力を振るわれ、絶望した小学生の光次郎。幼い妹に手を出されてブチ切れ、包丁で悪党を刺し殺そうとした中学生の光次郎。いいことなど、なにもなかった。

正之は腕をとり、引き上げる。

「光次郎、無駄じゃ」

ソファに座らせ、

「土下座程度じゃどもならんど」

哀れな泣き顔の元極道を、男なら泣くなっ、と一喝。正面の京子に向き直る。氷の般若を見据え、ひとさし指を立て、

「ひとつだけ質問があいもす。浅野さんの〝国家対策チーフ〟ち言う大層《たいそう》な肩書のことじゃが――」

京子の目に警戒の色が浮かぶ。

「これは政治家対策を一手に引き受けておられる、と解釈してよろしいですな」

あんた、なにが言いたい、と京子は伝法《でんぽう》な切り口上で返す。正之はここぞとばかりに、地平教幹部・浅野京子のもう一つの貌《かお》を暴《あば》く。

「つまり、あなたが与党、自由国民党《じゆうこくみんとう》のホープ、八田俊成《はったとしなり》さんの私設秘書という事実です」

えっ、と息を呑む声。視界の端、光次郎が目を丸くして見つめる。無理もない。衆議院議員、八田俊成は弱冠四十二歳にして政権党・自由国民党の選挙対策委員長（党四役のひとつ）を務めるやり手で、国会での野党幹部との口角泡《こうかくあわ》を飛ばす激しい舌戦は、常にマスコミに取り上げられる、永田町の名物男で、ニックネームは〝はったりの八田〟。この有名政治家の秘書を地平教の幹部が務めているとは、青天《せいてん》の霹靂《へきれき》だろう。正之もそうだった。今朝、内海に会うまでは。

冷然とした表情を崩さない京子に対し、正之は警視庁刑事から得た生の情報を元に、揺さぶりをかける。

「私大夜間部出身の八田さんはいまどき珍しい苦労人のたたき上げで、出世のためなら仲間を蹴落とすことも厭《いと》わない、強烈な野心の持ち主とうかがっております。しかし、社会的弱者の味方を標榜《ひょうぼう》する地平教が手を結ぶべき人物とはとうてい思えもはん。博愛主義、非暴力平和主義の、ガンジーのような政治家ならともかく、まったく正反対の、弱肉強食を地でいく飢えた猛獣のようなお人じゃありませんか」

京子の、プラスチックでコーティングしたかのような冷たい表情は変わらない。もっとも、と正之は声のトーンを落とす。

「悪名高き霊感商法や過剰なお布施問題に対する世の非難を鎮静化するには、将来有望な剛腕政治家の力を借りることが大事、と考えたなら、納得もいきもす」

バカな、と京子は一笑に付す。顔の筋肉が弛緩《しかん》したような、どこか不自然な笑みを浮かべ、

「わたしが私設秘書を務めていることは事実だ。認めよう。永田町の議員会館にも、地元立川の事務所にも通い、八田俊成の政治活動を全面的にバックアップしている。

それは、世襲《せしゅう》でも元高級官僚でもない、世間の辛酸《しんさん》を舐め尽くした苦労人の八田こそが、我が国をよりよき未来へと導く政治家、と確信しているからさ」

ひと呼吸おき、

「元鹿児島県警のノンキャリごときが考えるような小さな話じゃないんだよ。それこそ下衆《げす》の勘繰《かんぐ》りだ」

なるほど、と正之は応じる。

「よう判りもうした。浅野さんの行動には一点の曇りもなか。今日は訪ねてよかった」

突然の軟化に、なにを企んでいる、とばかりに京子はあごをひき、目をすがめる。

正之はかまわず先へ進める。

「我々はこれで退散しもす。忙しいなか、ありがとうございました」

頭を下げ、上げる。

「最後にひとつだけ、切なるお願いを」

ほらきた、とばかりに京子は余裕の笑み。

「部外者のわたしはともかく、当事者の滝川はまったく納得しておりもはん。このまま手ぶらで帰るのも、業腹《ごうはら》じゃ」

京子はあごに指を当て、

「で、なにが望み？」

「弥生さんの声だけでも聴かせてくださらんか」

「携帯でいいのかい」

「十分じゃ。滝川とじかに話をさせて欲ししか」

「弥生の無事を確認したい？」

「一刻も早く」

京子の目が据わる。両腕を組み、身体をソファに埋め、斬りつけるように言う。

「わたしは母親だよ。おなかを痛めて産んだ可愛い娘だよ。ずいぶんと酷《ひど》いことを言うんだね」

正之は尖った視線を受け止め、

「無礼は謝ります。弥生さんの声だけ聴かせてもろうたら退散しますので」

なあ、と光次郎に同意をうながす。元極道は不承不承、あごを上下させる。パチン、と京子が指を鳴らす。背後で控える女性刑事のようなスタッフが腰を折り、顔を寄せる。京子は二言三言、指示を与える。女性スタッフはすっ飛ぶように部屋を出て行く。

「古賀さん、あんたの魂胆《こんたん》は判っているよ」

冷笑を浮かべ、辣腕の外科医のように鹿児島県警元刑事の心中《しんちゅう》を腑分《ふわ》けしていく。

「これ以上、押しても逆効果。相手はカルトに洗脳されたロボットみたいな女。押すほどに、身にまとう鎧《よろい》は強固になってしまう。ここはいったん引き、仕切り直して、弥生奪還の計画を練り直した上での出直しが得策。押さば引け、引かば押せ、の武道の極意を活用すべし——田舎警察のＯＢが考えそうなことだね」

それはちがいもす、と否定するが、声が上ずってしまう。京子はここぞとばかりに、強い口調で言い募る。

「あいにく、わたしは洗脳など一ミリもされていないから。そんなに心は弱くない。黒田会長の素晴らしい教えを咀嚼《そしゃく》した上で、一から十まで自分の意思で動いているんだよっ」

洗脳などされていない、心は弱くない、自分の意思で——マインドコントロールされた人間の常套句《じょうとうく》である。京子はさらにヒートアップ。歯を剥き、目を吊り上げ、怒り狂う牝豹《めひょう》のように吠える。

「世間知らずの田舎もんが舐めるんじゃないよ。こっちは国を動かそうとしているんだ。ゆくゆくは人類救済まで完遂《かんすい》する覚悟だ。この高邁《こうまい》な思想と行動がおまえら、社会の底辺で蠢く無知蒙昧《もうまい》な馬鹿者たちに判ってたまるか」

ばかものお〜？　と光次郎がうなる。こめかみに青筋が浮き、ほおが隆起。超ぼっけもんの本性が爆発寸前だ。正之は小刻みに震える元極道の膝に手をおき、落ち着け、向こうの思うつぼじゃ、となだめる。

「仕切り直しなんてまどろっこしいよ」

京子は口角を上げ、朗らかに告げる。

「わたしも忙しいんだ。これっきりにしよう」

この女、なにを言っている？　きゅっ、と光次郎の喉が鳴る。血走った目がドアを見つめる。いつの間にか、開いていた。人影が二つ。京子の指示で部屋を出て行った、あの刑事のような女性スタッフと、後に続くプルシアンブルーのワンピースの女。急遽《きゅうきょ》、連れてきたのだろう。戸惑いに満ちた瞳が頼りなく揺れる。背が高い。京子とおっつかっつだ。漆黒のボブヘアに、青みがかった白い肌の、博多《はかた》人形のような顔立ち。潤んだ瞳が元極道を見つめる。

やよい、と光次郎は弾かれたように立ち上がる。驚愕の表情が胸に痛い。

「光次郎、ごめん」

浅野弥生は頭を下げる。艶のある髪がはらりと揺れる。

「あたし、ママから離れられない」

細い眉をゆがめて訴える。

「あなたのことはいまでも大好き。でも、やっぱり母娘だから離れるのは無理なの。あきらめて」

光次郎は銅像のように動かない。

「はい、終わりっ」

パンッ、と両手を打ち鳴らし、京子がすっくと腰を上げる。勝ち誇った顔で見下ろす。薄い唇が動く。

「次女の雅美が四歳で突然死し、わたしたちは無間《むげん》地獄に突き落とされたんだ」

そっと弥生の肩を抱き、その横顔を愛おしげに見つめる。

「このコと二人で頑張って生きてきたんだ」

別人のような慈母の貌《かお》で語る。

「わたしたち母娘の血の絆《きずな》が、歌舞伎町のチンピラ風情に断ち切られてたまるか」

ほおをゆるめ、天を向く。白い喉をのけぞらせ、勝ち誇った金属質の高笑いを轟かせ、娘と共に部屋を出て行く。冷たいヒールの音が響く。女性スタッフが続く。

二人、部屋に残される。しんと静まり返った空間。ガラスの向こう、ジェット戦闘機の編隊が、少し霞《かすみ》がかった春の空を切り裂くように飛んで行く。

「迷惑なんで」

いつの間にか固太りがいた、長身も控えている。共に険しい表情だ。固太りが開け放したドアを指さし、

「とっとと帰ってくれません。この部屋、次の予定が入っているんで」

「おたくらみたく、暇じゃないんだよ」

長身がせせら笑う。正之は悄然《しょうぜん》とした光次郎をうながし、外へ出た。終わった。

すべて水の泡、か。

第九章　大久保公園

「おれは我慢したんだ」

立川駅へ向かう道すがら、光次郎は人々が行き交う歩道を歩きながら、たまった憤懣《ふんまん》を吐き出すように言う、

「弥生は短大を独力で卒業している。バイトの掛け持ちと奨学金で生活費、授業料を賄《まかな》ったんだ。あのいかれた母親は一円も出していない。むしろ、教団への献金と称して少ない貯えを毟《むし》り取っていたんだ」

「おまえはすべてを承知していながら、呑み込み、喋らなかったち言うことか」

元極道は大きくうなずく。

「弥生の身の安全が最優先だから」

顔を憎々しげにゆがめ、

「メシ抜きに真冬の水風呂、殴打、熱湯シャワー、睡眠制限——虐待のデパートといっても過言じゃない数々の酷い仕打ちも、おれは全部知っている。あのクソ女、高級品で着飾り、虫も殺さねえような澄ました面をしてやがるが、その正体は情の欠片《かけら》もない鬼畜《きちく》だ」

「子供の時分からいくら虐待を受けようが、母親を慕う気持ちは変わらん、ちゅうことかい」

ちくしょう、と短気な元極道は拳を掌《てのひら》に打ちつける。周囲の人々がぎょっと目を剝く。

「弥生、洗脳が解けてねえんだ」

ちがうな、と正之は返す。

「おまえは彼女のことが判っとらん」

足を止め、歩道の中央で睨んでくる元極道。アウトローの地金《じがね》を剝き出し、下手なことを抜かしたらタダじゃおかない、とばかりに拳を固める。場が一気に物騒《ぶっそう》な雰囲気になる。通行人から一一〇番されたら面倒だ。正之は笑顔をつくり、ビル陰に誘う。

「おいにやり場のない怒りをぶつけてもしょんなか。そいこそ八つ当たり、ちゅうもんじゃ」

光次郎は恥じるように下を向く。正之は説明する。

「おまえはど真ん中の当事者よ。第三者の目の冷静な観察は望むべくもなか。だが、おいは違うど」

ひと呼吸おき、核心に迫る。

「弥生さんの洗脳は解けとるよ。おまえの愛の力でな」

はっ、と光次郎は顔を上げる。ぽかんと間延びした面。愛の力——霧島のおんじょには似合わんセリフじゃったか？　正之は空咳を吐き、続ける。

「その証拠に、独断で鬼より怖い母親に結婚の許しを求めちょる。洗脳が続いておったら、そんな恐ろしい直談判はできんじゃろ。そうは思わんか？」

返事なし。

「ひどい虐待を受けた子供が母親を慕うケースは珍しくなかど。現においも県警時代、幾度か経験しちょる」

激しい虐待が露見し、児童相談所が被害児を一時保護しても、母親の元へ帰りたいと訴えるケースは珍しくなかった。正之自身、全身に青紫の痣《あざ》がある幼児を保護したものの、かあちゃん、どこにおっと？（いるの？）はよ（はやく）会いたか、わっぜ（とても）会いたかよお、と大泣きされ、子供が母親を慕う気持ちはこうも強いものか、と驚き、苛烈《かれつ》な暴行を加えていたシングルマザーを涙ながらに説教したこともある。一方、こげんひどか毒親、おいから縁を切っちゃる、と児童養護施設入りを希望するさばけた子供もいたが。

「ともかく、母親も弥生さんに依存している以上、もう打つ手はなかね」

光次郎は絶句。喉をごくりと鳴らし、マジかよ、と呟く。マジもマジ、四面楚歌よ。正之は心を鬼にして告げる。

「二人は共依存の関係よ。アル中の暴力夫が妻に、おまえがいなきゃおれはとっくに死んでいる、と泣いてすがり、妻も、わたしがそばにいなければこのひとはダメになる、と抱きしめる、滑稽《こっけい》でグロテスクな関係よ。もっとも――」

弥生の肩を抱く京子の、慈母のごとき姿が脳裏に浮かぶ。

「強い立場の母親が娘を突き放せば、事態はまた変わっとじゃろうが、現実問題としてあり得んね。京子は弥生さんを束縛することが生き甲斐《がい》じゃ」

つまり、処置なし、と。

「おやっさん、おれは気に食わねえな」

尖った一瞥《いちべつ》を投げ、光次郎は背を向ける。

「昨夜からずっとマウントの取られっぱなしじゃねえか」

立川駅の方向に向かう。

「どこへ行っとか」

「新宿だよ。おれと弥生が出会った街」

速足で遠ざかる。

「さすがにおやっさんでも判らないだろ。自慢の警察情報もそこまではカバーしていねえはず」

背中が笑う。正之は得体の知れない不穏なものを抱え、後を追う。一匹狼の元極道とカルト二世信者の出会い。いったい新宿でなにがあった？

午後四時。二人、新宿歌舞伎町を歩く。光次郎は周囲に警戒の目を配りながら、カラフルな雑踏をかき分けるようにして奥へ奥へと進む。

ん？　大きなビルの前に屯《たむろ》する少年少女が。二十、三十――五十人はいるだろう。高校生とおぼしき制服姿の男女に、スマホに一心に見入るホスト風。地べたに座り込み、大声でふざけ合うグループ。なにがおかしいのか、けたたましい笑い声が上がる。

「あれが噂のトー横キッズ」

光次郎は歩みを止め、おもむろに語る。

「ネグレクトとか家庭内暴力、学校のイジメで家をおん出た宿無し連中も多いんだ。東京だけじゃなく、全国からワケありのガキどもが集まってくるらしい」

宿無し？　年端《としは》もいかぬ子どもたちが、このアジア最大の歓楽街で？

「漫画喫茶やカプセルホテル、サウナを泊まり歩いているんだよ。先輩のアパートに厄介になっている連中も多いな」

「カネはどうすっとか？　メシも食わんといかんじゃろ」

光次郎はひょいと肩をすくめ、

「女はパパ活とかギャラ飲み。一夜の宿と引き換えに、ウリをやるさばけたのもいるよ。半グレがバックに付いた美人局《つつもたせ》もあるな。男は特殊詐欺の手伝いに、ドラッグの売り子。ぼったくりバーの客引き。新宿二丁目方面まで出張って、金持ちのオヤジ相手にウリで稼ぐケースもある」

正之はただ黙って耳を傾ける。

「歌舞伎町のガキども、逞《たくま》しいんだ。タブー、ねえもん。あいつらに比べたら、おれなんか時代遅れの融通の利かねえおっさんだよ」

自嘲する二十八歳の元極道。ならば草深い霧島からはるばる出てきた六十四歳のおんじょは、もはや化石か。光次郎は半笑いで付言。

「女子中高生がＳＮＳで援助を募ると、飢えたヒヒジジイどもが十人も二十人もわっと群がってくるとさ。もう入れ食い状態」

この場に慶子がいたら、と思ってしまう。躊躇なく歩み寄って事情を訊き、「辛かこと、悲しかことがずんばい（いっぱい）あっても、そげな自堕落なことじゃやっせん（ダメです）、もっと自分を大切にせんといかん」と、涙ながらに説得を試み、仮に助けを求められたら公的機関へ同行するくらいのことはやるだろう。

ふっと苦い笑みが湧く。イフの話など意味がない。あの心優しい慶子はもうこの世から去ったのだ。いまさら感傷《かんしょう》に浸《ひた》ってどうする。こん未練たらたらのやっせんぼ（弱虫）が、情けなか。それでも鹿児島の男か。

「天文館とはぜーんぜんちがうよな」

光次郎はなにかを吹っ切るように、大股で歩き出す。

「鹿児島ラーメン、美味《うま》かったなあ。ああいうこぢんまりした田舎の歓楽街とちがって、ここは底なしのワルの巣窟《そうくつ》だからな」

歌舞伎町の奥へと足を進める。正之も続く。

毒々しいネオンが瞬《またた》き始めた雑居ビル街を抜け、歌舞伎町に相応《ふさわ》しい巨大な交番の横を歩き、背の高いフェンスに囲まれた公園の前に出る。

「ここ、大久保公園」

光次郎は再び足を止める。なにがある？　正之は淡い暮色に染まり始めた周囲を見回す。林立する雑居ビルと、縦横に走る路地。行き交う人々。フェンスの向こうからバスケットボールを楽しむ若者の歓声が響く、とくに特徴のない、都会の公園にしか見えないが。光次郎はぼそりと言う。

「相変わらずだな」

正之はその視線の先を追う。路地に佇《たたず》む若い女たち。二〜三メートルの間隔で突っ立ち、ある者はスマホを操作し、ある者は顔を伏せて彫像のように動かない。二十人はいるだろう。背広姿の太った中年男となにやら密談中の、十代とおぼしき金髪、ミニスカートの女もいる。そういうことか。

「売春、だな」

光次郎は重々しくうなずく。

「フリーの立ちんぼ連中だよ。女子大生も、有名企業のOLもいる。夜になると五十人くらいに増えて、品定めする男どもや野次馬がひしめき、けっこうな混雑なんだけどね」

正之は女たちを観察する。立ちんぼから連想する、悲壮感とか開き直り、ある種の覚悟、諦観《ていかん》といったものが一切感じられない。力みのない自然体と、シラけた無表情。ごく普通の、今風の若い女性たちだ。新宿駅前の雑踏に置けば、違和感なく紛れ込んでしまうはず。

「自由に稼げるんだよ」

光次郎が問わず語りで説く。

「時間もプレイ内容も価格も自分で決められる。ソープやヘルス、デリヘルと違い、生理的に無理な客やヤバそうな客が来たら横向いて無視すればいい。ひと目のある公道でしつこく絡《から》む奴はいないからね。稼ぎを風俗業者や極道に中抜きされることもない。仕事場のラブホは周囲にいくらでもある。手っ取り早く稼ぎたい向きには最適なんだな」

たしかに、風俗店やSNSと違い、実際に客を見て取捨選択する自由はある。あるが、しかし——。正之は問う。

「ごく普通の若い女性ばかりに見えるが、みなカネに困っておるのか？」

うーん、と光次郎は両腕を組み、眉間に筋を刻み、

「カネに困ってるといえば、そうなんだけどさ」

意味深な笑みを浮かべ、

「奨学金の返済や生活費目的で立つ学生もいるけど、大半はホス狂い」

ホス狂い？　元鹿児島県警刑事の顔色で察知したのだろう。斯界《しかい》に通暁《つうぎょう》した元極道は、ホス狂いとはホスト狂いのこと、と縷々《るる》説明する。

「歌舞伎町には三百軒を優に超えるホストクラブがあって、ホストは六〜七千人いるらしい。石を投げればホストに当たる、日本一のホスト激戦区なんだよ」

　そういえば、新宿駅からここまで来る途中、大通りをホストクラブの大型宣伝トラックが数台、耳を聾《ろう》する大音響のＢＧＭと共に爆走し、街角ではホストの顔写真をつかった大看板も多数あった。たしかにホストの数は尋常ではなさそうだ。

「初回、千円札数枚でイケメンどもが群がって女王様みたいに扱うから、はまっちまうんだな。二回目からはばっちり請求される。ドンペリ一本三十万とかさ。誕生日だ、なんとか記念日だ、店のセールだ、イベントだ、でホストどもは客にあの手この手で売り上げをたかり、客も推しのホストをナンバーワンにしたいから、言われるがままシャンパンタワーを注文し、百万単位のカネを請求される。売り掛けという名の借金が雪だるま式に膨らんでいく。そういうホストジャンキーが歌舞伎町には山ほどいるんだ」

「ホストクラブ通いのカネ欲しさに立ちんぼをやる、と」

「そういうこと」

　光次郎はしたり顔で言う。

「一カ月、ノータックスで五百万稼ぐ凄腕の女もいる。若い女にとってこれだけ実入りのいい商売は他にねえよ」

軽い言葉とは裏腹に、元極道の顔が険しく、怖くなる。

「立ちんぼを強制される女もいるよ。売り掛け金返済のため、豹変したホストに凄まれて立つとか、ヒモの極道に殴る蹴るのリンチを食らい泣く泣く来たとか」

ぴんとくるものがあった。

「弥生さんも、か」

光次郎は息が詰まるような沈黙の後、かすかにうなずく。

「あいつはホストも極道も関係ないけどね。それよりずっと怖いのが側《そば》にいるから」

瞬間、脳裏に白い閃光が疾った。ならば――正之は苦いものを呑み込んで問う。

「浅野京子、か」

そう、と項垂《うなだ》れる。

「母親が、立ちんぼで稼いで来い、と命令したんだ」

光次郎はか細い声で訴える。

「二人きりで生きてきた実の娘に、歌舞伎町で立ちんぼをやらせたんだよ。どんだけ鬼母なんだ。それでなくても宗教二世として散々苦労してきたのに」

弥生は短大卒業後、不動産会社に勤めながら夜間および休日にコンビニでバイトに励み、生活費以外のカネをお布施に回してきたのだという。が、母親はその額が少ないと激怒し、歌舞伎町で立ちんぼをやれば何倍も稼げる、と売春を強制した――。

耳の奥にしこる言葉がある。笹塚の事情通、吉野老人が聞いたという、京子の恐るべき台詞《セリフ》。

〈肉体はだれに何度汚されようがまったく問題ない、魂さえ透明で美しければいい〉

が、すべては状況証拠。正之は刑事に戻ったつもりで厳しく問う。

「弥生さんの言葉を疑うわけじゃないが（疑うわけではないが）」

光次郎の表情が険しくなる。かまわず付言する。

「確たる証拠はあるのか。コトがコトじゃ。酷な言い方だが、彼女の証言だけで、はいそうですか、とうなずくわけにはいかん」

はっ、と肩をすくめ、元極道は返す。

「融通の利かねえデカを相手にしている気分だな」

「融通の利くさばけた刑事はたいがい、ワルに取り込まれてしまう。それは警視庁も鹿児島県警も同じよ」

ちっ、と舌を鳴らし、光次郎は懐からスマホを抜き出す。

「おれだって信じたくなかったさ」

指を滑らせて操作し、正之の耳にかざす。

「母娘のやり取りだ」

女の甲高《かんだか》い声が耳朶《じだ》を刺す。

〈だから、大久保公園に行けば判るって言ってんだろ。同じようなのがいっぱい立ってってから、おまえも隣でスケベな客を待てばいいんだよ。カネの折り合いが付いたら近くのラブホにしけこんで股開くだけだ。簡単なもんだ〉

いらだった京子の大声がハウリングする。

〈相場は一時間一・五から二万だってよ。でも弥生、おまえは見栄《みば》えはいいから五万でもOKするエロおやじは腐るほどいるさ。安売りせず、バンバン稼いでこいっ〉

地平教本部での豹変ぶりも凄まじかったが、これは次元が違う。叩きつけるような声音から、抑制の利かない、むせ返りそうな濃い憤怒《ふんぬ》と悪意がビンビン伝わる。

〈さっさと行けよっ〉

〈ママ、あたし、売春なんかやりたくない〉

涙まじりの震え声。弥生だ。

〈どうか許してください〉

ドン、と鈍い音。蹴ったのか、殴ったのか、悲鳴が上がる。京子の罵声《ばせい》が重なる。

〈ばかやろう、肉体なんかどんなに汚れようが、魂がピュアなら差し引きお釣りがくる。我が地平教のため、聖なる教祖黒田鉄之進様のため、邪悪なサタン撲滅のため、立ちんぼでカネ、たんまり稼いで来いやっ〉

〈いやですっ〉

〈このクソアマがあっ〉

バシッ、と肉を打つ音が連続で響く。ほおを張ったのだろう。悲鳴と共に椅子様のものが倒れる凄まじい音が上がり、録音が途絶える。

「弥生さんが録音したのか」

そう、と光次郎はスマホを操作しながら答える。

「最初、母親に言われたときショックでうまく反応できず、これは二度目」

「怒り狂っておるな」

「何度も言わせせんな、ってことでしょ。いつも従順な弥生が反発したことも気に食わなかっただろうし」

「弥生さん、証拠として録音したのか？」

どうだろう、と首をかしげ、

「母親のあまりに非情な言動を信じられず、録音したんじゃないのかな。あとで聞いて瞼《まぶた》が腫れるくらい泣いた、と言ってたから」

そうか。

「おれも信じられなかった」

元極道は口元に皮肉っぽい笑みを浮かべて言う。

「家庭内虐待のオーソリティであるおれも、最初聞いたときは、まさか実の母親がそんなひでえことを、と思ったさ。すると弥生はスマホを出して」

「録音を聞かせた、と」

うん、とスマホを見つめる。思い詰めた表情が胸に痛い。

「おやっさん、これさあ」

スマホをお手玉のように二度、三度と軽く放る。

「いかれた母親に聞かせたらどうなったかな」

反省して悔い改めたかも、との淡い期待を抱いたのか。が、あり得ない。正之は砂を噛む思いで答える。

「おいたちは問答無用で叩き出され、弥生さんは酷い目に遭わされたはずよ」

光次郎は息を詰め、行き場のない野良犬のような目を据えてくる。正之は感情的にならぬよう、平板な口調で語る。

「裏切者、地平教の敵、忌《いま》わしきサタン、と罵《ののし》り、屈強な信者を使って殴る蹴るのリンチを加え、母親の虫の居所によっては最悪の事態もあり得たな」

光次郎は逃げるように顔を伏せ、スマホを握り締める。正之は問う。

「弥生さん、時限爆弾のような録音データをようくれたな」

「おれが無理言ってもらった。あいつの重荷を少しでも背負えたら、と思ってさ」

ふっ、と自嘲の笑みを浮かべ、

「かっこよく言えば運命共同体の証《あかし》。実際は自己満だな」

路地にいつのまにか街灯がともっていた。女たちの間で黒い影が蠢く。

「おまえはここで弥生さんと知り合ったたち言うわけか」

「警視庁の内海も、おやっさんも知らない極秘情報だろ」

光次郎は不敵な面がまえで返す。

「ざまあみやがれ」

手の甲で目をぬぐう。

「二カ月前、木枯らしが吹く寒い夜、弥生を見かけたんだ。死人のような冥《くら》い顔で突っ立っていた」

涙声で語る。

「周囲から完全に浮いてたな。場違いというか、まったく似合わねえというか」

水商売関係のスカウトが生業《なりわい》の光次郎は、時折この界隈を訪れ、クラブやキャバクラ、ガールズバーで働けそうな女性がいないか、チェックしていたのだという。スカウト活動の一環だが、歩留《ぶど》まりは悪い。クラブ、キャバクラからもっと稼げる自由な仕事を求めてソープやヘルスなどの性風俗、立ちんぼへ流れるケースはある意味王道だが、その逆は稀。それでもたまに、立ちんぼしか経験のない上玉のスカウトに成功することもあり、定期的な見回りを欠かさなかった。

「磨けば光るタマだと睨み、声をかけたんだ。キャバクラ、興味ない、と軽い調子で。思いっきりシカトされたけどね」

ここで諦めないのが、修羅場を無数に潜ってきた元極道である。光次郎はプレイ料金、一時間平均三万円を聞き出し、三万払ってお茶に誘い、膝詰めで話したという。

「あんまり知られてねえけど、いま立ちんぼの間に梅毒がすっげえ勢いで流行しててさ。客にもどんどん感染して、めちゃくちゃヤバい状況だから辞めたほうがいい、と勧めたんだ」

「で、反応は？」

「さすがに怖くなったみたいで、でも立ちんぼを辞めるのは無理だと。詳しく問うと、新興宗教のことを語り始めたんだよ」

あの剛腕コンサルタント、朝倉義勝の一の弟子である。手を替え、品を替えた、臨機応変の聞き出し術も上手かったのだろう。問われるまま、忌わしい録音データの開示も含めた弥生の告白は約二時間、続いたという。

「その境遇は貧困と虐待のなか、育ったおれとそっくりでさ。おれも自分の半生を打ち明けると、弥生のやつ」

言葉に詰まる。路地が騒がしい。いつの間にか発情した男たちが屯《たむろ》していた。商談が成立したのか、女と共に次々に消えていく。

「泣いてくれたんだよ。かわいそうだ、と涙をぽろぽろこぼして」

肩を震わせて言う。

「おれのために泣いてくれたの、二人目だ」

赤い目を向けてくる。

「慶子さんに次いで、二人目なんだ」

そうか。

「おれはぐっと心をつかまれ、惚れちまった。おかしいよね」

いや、と正之はかぶりを振る。

「まったくおかしかなかね。それでこそ、おいと慶子の新しい息子、滝川光次郎よ」

「ありがとう」

光次郎は頭を下げる。涙が一粒、アスファルトに落ちる。

「おれはキャバクラを紹介し、あいつはおれのアドバイスをもとに慣れない笑顔と愛嬌を振り撒いて必死に接客し、見事ナンバーワンになった。極道の五年ルールをクリアしたらおれは正業について、弥生と一緒になって、いつか二人でハウスをつくりたい、と話し合っていたんだ」

ハウス？

「おれたちみたいに虐待された子供が、無条件で逃げ込めるハウス。温かいメシと風呂、ベッドを提供する、セーフティーエリアだよ」

返す言葉がない。光次郎は頭をかき、

「バカな夢を見すぎたな。その気になって、笑っちゃうよね」

腕時計に目をやり、

「おれ、そろそろ行くわ。仕事やんなきゃ」

夜中まで街角に立ち、行き交う女に声をかけるのだろう。水商売専門のフリーのスカウト。厳しい仕事だと思う。路上でのしつこいスカウト行為は、職業安定法及び迷惑防止条例違反で摘発される可能性もある。夜の歓楽街を知り尽くした元極道にはいらぬ心配だろうが。

「光次郎、おいにも分けてくれんか」

なに？　と怪訝《けげん》そうな顔を向けてくる。

「おいも運命共同体に入れてくれんね」

元極道は眉間に筋を刻み、録音データを？　と問う。

「そうじゃ」

正之は努めて朗らかに言う。

「おまえも息子なら、おいを信用せい」

さあ、こいに送ってくれ、とガラケーを差し出す。光次郎はしばらく躊躇してい
たが、ガラケーかよ、と愚痴りつつ受け取り、チェック。

「ファイルの形式を合わせなきゃな」

独り言のように呟き、スマホとガラケーを両手で同時に操作する。目まぐるしく
指を動かし、三分後。

「送信終了」

ガラケーを戻し、

「おやっさんはこの後どうする？　今夜は武さんの家かい」

いや、と首を振る。

「知り合いに会うつもりじゃ」

光次郎は深く詮索することなく、あんまり飲みすぎるなよ、と乾いた笑顔を送り、背を向け、去って行った。その背中がビルの間に消えるまで見送り、胸の内で、光次郎、すまんね、と詫び、ガラケーを操作。三コールで出た相手は突然の電話に驚き、喜び、二つ返事で急な面会を承諾してくれた。が、場所は台東区浅草《あさくさ》。ここ新宿からだとけっこうな距離のうえ、電車の路線も複雑である。鹿児島からぽっと出のおんじょには少々難儀《なんぎ》だ。

正之はソフト帽を深くかぶり直し、よしっ、と低く気合を入れ、大久保公園を後にした。

第十章　謀《はか》る警察組織

美味かことは美味かが、コクが足らんな。上品で薄味。いかにも関東風のすき焼きじゃ。

正之は鉄製の平鍋でぐつぐつ煮える霜降り肉を箸でつかみ上げ、溶き卵に浸《ひた》して食う。舌でとろけるような柔らかな肉は、歯もあごも弱った上流階級の年寄りには好まれても、若い連中には歯ごたえが乏しく、イマイチかも。上等の割り下で牛肉や野菜を煮る、この関東風は、香ばしさも足らん気がする。やっぱりすき焼きは鹿児島じゃ。

牛脂《ぎゅうし》をたっぷり引いた鉄鍋で鹿児島黒牛の赤身のモモ肉を豪快に焼き、砂糖と甘口醤油で好みの味を付け、野菜を放り込む。水分は白菜や長ネギ、春菊などの野菜から出る水気のみ。弾力に富んだ黒牛のモモ肉は噛むほどに滋味があふれ、牛肉を食った、という満足感がある。具材本来の旨味を損なわず、味も香りも濃い鹿児島風こそが本物のすき焼きじゃやち思う。

もっとも、この関東風、神戸の霜降り肉をはじめ焼き豆腐、しらたきと具材は最高級品で、みりんや日本酒、たまり醤油で味を調《ととの》えた割り下も絶妙。観光で浅草を訪れる外国人にも大人気とか。創業百二十年の、浅草を代表する老舗すき焼き店の底力と魅力は、霧島の、粗食で育った横ばいのこじっくいには十分に咀嚼《そしやく》しきれないということかもしれん。

「たいした食欲だな」

漆《うるし》塗りの座卓の向こう、ピンクのシルクシャツにサスペンダーの恰幅《かつぷく》のいい紳士が言う。

「うらやましいよ」

午後七時。浅草雷門《かみなりもん》近くのすき焼き店。正之は奥の座敷で胡坐《あぐら》をかき、元警察庁キャリアの岸本浩《きしもとひろし》と向き合っていた。

「最近、食が細るばかりでね」

正之より二歳年長の六十六歳。銀髪のオールバックに、ゴルフ灼けの褐色《かつしよく》の肌。

目も鼻も口も大振りの、威厳のあるマスク。警察庁警備局長を最後に退官し、現在は大手生保会社の特別顧問を務める、いわゆる上流国民である。

「メシよりは酒だな」

盃《さかずき》をぐいと干す。ああ、気がつきませんで、と正之は箸をおき、手を伸ばす。

「いいから、気をつかうな」

徳利をつかみ、手酌で飲《や》る。

「おれときみの仲じゃないか」

いまから三十年余り前、岸本が鹿児島県警本部警務部長として赴任《ふにん》、正之が秘書を務めたとき以来の仲である。息子、武を暴力団事務所から救出する際も世話になった。

「古賀くん、きみはもう一般人だ。手帳も札《フダ》もないんだ。やりすぎるなよ」

目配せする。

「頭に派手な傷までこさえちまって、天国の慶子さんが心配するぞ」

どうも、と傍の畳に置いたソフト帽をつかみ上げる。

「岸本さんとの会食の席ではさすがに失礼ち思いまして帽子を外しましたが、生傷が見苦しければ――」

かまわん、と岸本は鷹揚《おうよう》に手を振る。

「これでも元警察官だ。それくらいの傷、なんてことない」

「恐縮です」

ソフト帽を畳に戻し、鍋に箸を伸ばす。焼豆腐とシイタケ、霜降り肉を食う。

「頭が下がるよ」

岸本が神妙な面で言う。

「おれなんか、女房を亡くしたら、その日からダメだな。まずメシをつくれない。カップメンが精々だ。風呂も、掃除も、ゴミ出しも、公共料金と税金の支払いも判らん。きみは一人暮らしだろ。三度のメシはどうしている？」

「適当ですな」

コップのビールをひと口飲み、返す。

「朝はタイマーで炊きあがった炊飯器のご飯に、味噌汁、イワシの丸干し、高菜の漬物。昼はご飯の残りを使った握り飯二個と卵焼き、さつま揚げ、梅干しを畑仕事や山仕事の途中に食って終わり。夜は野菜炒めや鍋物、焼き魚、黒豚の生姜《しょうが》焼きといった手間のいらん料理を肴に、焼酎でだいやめ（晩酌）。小腹が空《す》けば、冷凍庫にストックしてある大学芋や地鶏の刺身、自家製のアユの甘露煮をレンジでチンして摘《つ》まみもす。霧島のおんじょの一人暮らしはそげなもんでごわす」

「大したもんだ」

心底、感心した、とばかりに言う。

「しかも今度は上京して、知り合いの元極道のために身体を張ってるんだろ。なかなかできることじゃないな」

「時間は腐るほどあいもす」

「時間はあっても度胸と行動力が底を尽いたジジイが多いんだよ。おれみたいに」

そんな、と正之は困り顔で返す。

「岸本さんはまだまだ現役バリバリじゃ。わたしのような隠居おんじょとは違う」

ふん、と岸本は鼻で笑い、

「きみの頼みくらいはなんとかできるさ。一応、元警察キャリアだからな」

「感謝しとります」

両手を腿におき、頭を下げる。

「田舎者にはとても難しい案件でして」

大仰でもなんでもない。今夜、この座敷で相対するなり、畳に両手をつき、一介の元ノンキャリ刑事には手に余る難題を依頼。問われるまま、事情を説明した。聞き終えた元警察キャリアは、薩摩っぽは猪突猛進《ちょとつもうしん》だねえ、世の中の常識とは別次元で生きてるんだな、と揶揄《やゆ》とも賞賛ともつかぬ言葉と共に了承してくれた。

「かみさんへの手向《たむ》けだ。きみには散々世話になったからな。肝の据わった薩摩おごじょとはいえ、ずいぶんと気を揉んだだろう」

ほんに（本当に）、と応じそうになり、ビールと共に飲み込む。県警本部警務部長当時、独身の岸本は時に遊びが過ぎて、秘書の正之が密かに尻ぬぐいを務めたことは多々ある。極道の情婦に手を出したとか、よからぬ連中との賭けゴルフで借財を背負ったとか。

元々、地元の悪党どもが身元を偽り、遊び好きの江戸っ子、岸本に接近。結果的に嵌《は》められたわけだが、岸本の脇の甘さが招いた災厄ばかりである。冷や汗をかき、非番、真夜中を問わず、警察庁からやって来た東大卒のキャリアのために、下僕《げぼく》のごとく走り回る夫を、慶子は複雑な思いで見ていたはず。生粋《きっすい》の薩摩おごじょ故《ゆえ》、夫の仕事に口を出したことはないが。

ところで、と岸本が身を乗り出してくる。表情が一変する。眉間に刻んだ筋と、こわばったほお。怖いくらい真剣な面持ちで囁く。

「釈迦《しやか》に説法を承知で言うが」

はい、と正之はしらたきと春菊、肉を卵に浸して食い、白米を黙々と口に入れ、咀嚼。機先《きせん》を削《そ》がれた格好の岸本は呆れ顔で、

「しかしまあ、よく食うなあ」

「すんもはん。右も左も判らん大東京で、がんたれ（だめな）老体に鞭《むち》打って目いっぱい動いとると、体力も気力もごっそり削げてしまいもす。しっかり食わんとやっていけもはん」

岸本さん、と碗に新しい生卵を割り入れながら、

「どうぞ話を続けったもんせ」

じゃあ、まあ、と岸本は空咳を吐き、

「本庁組対の人間の協力も仰いでいるということだが」

はい、とキュウリの浅漬けをぱりっと噛んで返す。

「今朝、会いもした。武の先輩で、なかなか気持ちのいいよかにせでごわす」

岸本は声を潜め、

「新興宗教『地球平和教会』の内部情報を提供してきたんだな」

「それはもう気持ち悪かくらい、詳しく、丁寧に、教団の歴史や教義、教祖クロテツの詐欺師まがいの正体も教えてくれもした」

ひと呼吸おき、

「元極道の恋人の母親、浅野京子の個人データに加え──」

正之は生卵を箸で丁寧に溶き、肉を漬けながらさらりと続ける。

「自由国民党の選挙対策委員長、八田俊成先生との関係まで教えてもろうて、まさか有名政治家が登場するとは、想定外でごわしたが」

肉をほおばる。やはりな、と岸本が囁く。

「古賀くん、警察組織が部外者を、必要以上に親切に遇《ぐう》するときはなにか魂胆があると思ったほうがいい。警察が私情で動くことは、太陽が西から昇るくらい、あり得ないからな。己を部外者と認識して対応したほうが賢明だ」

それはもう、と正之はおしぼりで口元を丁寧に拭い、屈託なく応じる。

「鹿児島県警の元ノンキャリなど、花の桜田門《さくらだもん》の組対部から見たら、部外者も部外者。ゴミのようなもんでごわす。煮て食おうと焼いて食おうと、お好み次第」

そういうことじゃなくてだね、と岸本は額の汗をプレスの効いたハンカチで拭きつつ、

「きみへの過剰とも思える親切には裏がある、ということだよ」

「地平教と八田先生はセットです。この強力な布陣に、警察組織は興味を持っておる、と理解してよろしかですな」

岸本は唇をへの字にしてうなり、

「さすがは元刑事。鋭いもんだ」

盃を口に運ぶ。こめかみに浮かぶ青筋と、ぴくつく小鼻、不自然な目の瞬《またた》き。この先を言おうか言うまいか、迷っている。正之は笑顔で誘《いざな》う。

「岸本さん、そこまで言うたら、最後まで話してくださらんか」

褐色の肌が紅潮する。正之は、ここが勝負と心得、座卓の端を両手でつかみ、ぐっと前傾姿勢をとる。

「どうかご教示のほどを」

ふむ、と岸本は訝《いぶか》しげに首をかしげ、盃を卓に置き、

「古賀くん、きみ、人間が変わったよな」

ドクン、と心臓が跳ねる。元警察キャリアは確信をもって語る。

「なんというか、ストッパーみたいなものが希薄《きはく》になった。もちろん、度胸と行動力抜群の薩摩っぽとは重々承知しているが、それでも以前は逡巡や悩みはあったように思うが」

その通りだ。半年近く前、銀座の中華レストランでは、暴力団に監禁された武の情報を巡り、岸本と激しくやりあい、つかみ合い寸前までいった。

「それがいまは一直線に、すっと懐へ入ってきやがる。愛するかみさんを亡くし、心境の変化でもあったのか」

「自分では特段、意識しとりませんが、慶子が突然天に召され、人生なにがあるか判らんちゅうことは肝に銘じました。もう、忖度《そんたく》とか遠慮、躊躇《ちゅうちょ》をしとる暇はなかです」

平静を装って答え、温《ぬる》くなったビールを飲む。が、岸本は納得しない。まじまじと目を這わせ、

「地面から二十センチくらい浮いている感じがするんだよな。しゃばっ気が希薄というか」

正之は目尻にシワを刻み、

「幽霊のごと、言わんでください」

短い両腕を大きく広げ、

「ほれ、まだこのとおり、上等のすき焼きをモリモリ食って、頑張って生きておりもす」

岸本は表情を変えず、じっと凝視《ぎょうし》してくる。なにか勘づいている？　正之は話を戻す。

「で、地平教と八田先生に、警察組織はどげな関心を持っておるのでしょうか。まさか地平教絡みのトラブルで八田先生の逮捕が間近に迫っておるとか？」

岸本のほおがゆるむ。

「国家の守護神の警察が与党幹部を引っ張れるもんかい。正義の味方とやらの東京地検特捜部だって難しいだろ。いまは木の葉が沈み、石が浮かぶ、おかしな世の中だ。悪い奴ほどよく眠るってわけだ」

愚痴とも諦めともつかぬ口調で言う。

「八田は地平教とのタッグで、政界に確固《かっこ》たる地位を築いた。四十二歳で党四役の選挙対策委員長だ。将来、有望な実力派政治家だ。それにあやかりたいってわけだろ」

「警察が？」

「そういうこと」

岸本は手酌で盃を満たし、喉に放り込むようにして干す。正之はさらに踏み込む。

「全然判りもはん。すべて濃い霧のなかじゃ。ぜひ、詳しく教えてたもんせ」

岸本は肩を上下させて荒い息を吐き、仕方ねえな、と観念したように口を開く。

警察組織の野望と、悲願。それは雲の上、いや鹿児島県警ＯＢにとっては銀河の果ての出来事。普通なら一生、縁のない話だ。まさかこんな展開になろうとは。正之は運命の皮肉、不可思議さを嚙み締めつつ、耳をかたむける。

午後九時。ＪＲ山手線田町駅近くのコンビニの飲食コーナーでコーヒーを飲んでいると、ガラケーが鳴った。外に出て耳に当てる。

「古賀くん、ＯＫだ」

岸本の野太い声がビンビン響く。

「おい、喜べよ。きみが今夜、わざわざ浅草まで来て頭を下げた甲斐《かい》があったんだぞ。それとも、おれが教えてやった警察組織の悲願にド肝を抜かれたか？」

笑い半分。正之は頭を整理して返す。

「そっちの方はわたしのあずかり知らぬ領域の話でして」

密かに画策する警察組織の悲願。元キャリアにとっては他人事《ひとごと》ではないだろうが、元鹿児島県警の兵隊には別世界のこと。

「先方は超多忙だ。明朝、早いけど大丈夫だよな」

「四時でも五時でも」

「築地豊洲《つきじとよす》じゃあるめえし、そこまでじゃないが、まあ近いな」

元キャリア警察官は場所と時間を告げる。しっかりと頭に刻み付け、返す。

「岸本さん、お手数をかけもした。ほんに、ありがとうございます」

「大したことじゃねえよ。電話二本で済んだからな。でもまあ、無理すんなよ」

含み笑いを漏らし、

「いい年齢《とし》こいて頭にでっかい生傷をこさえるくらいだから、無理の連続なんだろうが、少しはストッパーを効かせなよ。天国のかみさんの分も長生きしなきゃな」

それはもう、と快活に応えながら、電話でよかった、と思う。この冥《くら》い顔を見られずに済むから。通話が切れる。しばらく放心したように立ち尽くし、十秒後、重い足を励ましてホテルへ向かう。

すっかり定宿《じょうやど》となった『田町グランドホテル』。ロビーに入る。フロントでは欧米人らしきバックパッカーの三人組がスマホを片手に若いホテルマンと額を突き合わせ、観光地のチェックに余念がない。ロビーのソファには人待ち顔の若い女と、しらけた面の中年カップル。飲み会の帰りらしい赤ら顔のサラリーマンの集団が、声高に喚《わめ》いて、うるさいことこの上ない。ん？　隅のソファから人影が立ち上がる。スーツ姿の長身のよかにせ（美男子）。

「どうも、古賀さん」

内海敏明が屈託のない笑みを投げてくる。

「お疲れさんです」

「なんの用じゃろかい」

そんな、つれない、と眉を八の字にして困り顔をつくる。俳優でもやっていけるんじゃなかか、と感心しつつ、突き放すように言う。

「今朝、会《お》うたばかりじゃ」

短軀を投げ出すようにしてソファに座る。

「一日中、東京を歩き回って、わっぜだれた（とても疲れた）」

本音だった。身体が鉛を詰めたように重い。ソファに埋もれてしまいそうだ。

「いろいろ回られたんですね」

内海が表情を引き締め、探るように言う。

「おれも協力した甲斐があるってことかな」

そっと腰を下ろす。二人、向き合う。正之は素《そ》っ気《け》なく告げる。

「立川にも行ってきたど」

ほう、と本庁組対刑事の目が光る。周囲に警戒の視線をやり、囁く。

「柴崎二丁目の『栄荘』ですか」

「それと、地平教の本部ビルにも」

えっ、と絶句。正之はほくそ笑み、

「浅野京子に会うてきたぞ」

内海の顔から血の気が引いていく。まさか、と唇が動く。

「ホントじゃ。光次郎と共に、当たって砕けろの精神で本部ビルに突っ込んだところ、会うてくれた。それも、眺望抜群の最上階会議室で小一時間、たっぷり。浅野京子は上品で美しかおなごじゃった」

内海の喉がキュッと鳴る。言葉も出ないようだ。

「娘の弥生にも会うた」

まじっすか？　とかすれ声が問う。

「マジもマジ。もっとも光次郎に対し、弥生本人が母親から離れない、と明言してな。奪還は無理じゃち判った。おいたちもそこで意気消沈《しょうちん》して退散よ」

待ってください、と内海は片手を挙げて制す。

「怒濤《どとう》のごとくいろんなことが押し寄せて、ちょっと整理したいんだが、つまり」

こめかみに指を当て、沈痛な面持ちで、

「キャバ嬢の浅野弥生のことは諦めたというわけですね。古賀さんも滝川も」

いーや、と首を振る。

「話は最後まで聞け」

内海は唇を引き締め、固唾《かたず》を呑んで待つ。正之は焦らすように三呼吸分の間をおき、語る。

「おいは光次郎と別れた後も未練たらたら、ひとりで動いたとよ。せっかく東京へ来たとじゃ。ぼさっとしとる暇はなか。やるだけやらんとな。それで――」

沈黙。それで？　といらついた内海がぐっと前屈みになる。険しい目が迫る。正之は睨み合う格好で口を開く。

「まだ諦めんでよか、と判ったとよ」

どうして、と噛みつくように問う本庁組対刑事に余裕の笑みを送り、

「内海さん、おはん（あなた）がそれだけ熱心なのは、理由があいもそ？」

ほおがぴくつく。視線が揺れる。正之は畳みかける。

「日本警察の悲願、でしょうが」

むっと目を剝き、のけぞる。

「ある筋から聞きもした。さすがにびっくりしたど」

言った後、笑いをこらえ切れず、呵々大笑《かかたいしょう》。近くの中年カップルが、なにごと

か、とばかりに好奇の目を向ける。正之はかまわず続ける。

「霧島のおんじょが花の東京で、ある筋、などおかしかですなあ。しかし、人生はないがあるか判らん。田舎の横ばいのこじっくいにも、こげん法外《ほうがい》な話を教えてくるるお人がおっとじゃ」

都会的な二枚目面が真っ赤になる。恥辱《ちじょく》？　それとも怒り？　内海は逃げるように目を伏せ、

「軽蔑《けいべつ》してるでしょ」

なに？

「上の言うがまま、動くおれを、古賀さんは軽蔑してるよな。タケちゃんのときも、結局、上の命令で囮《おとり》に使っちまったし」

そげなことはなかよ、と強い口調で返す。

「内海さんはおいたちが絶体絶命の窮地に陥っているとき、危険を顧《かえり》みず飛び込んで来てくれた」

言ったそばから背筋が、手足が、感電したように震える。ロビーのソファが、空気が、忘れられないあの情景を紡《つむ》ぎ出す。

ここ『田町グランドホテル』のロビーで慶子は待っていた。夫と息子が心配でたまらず、一人上京した慶子。テレビドラマの『刑事くん』に憧れ、刑事になるのが夢だったと告白した慶子。あいつは東京の武闘派極道どもを相手に、一歩も引かず、闘った。まこち（本当に）大したおなごじゃった。

鹿児島へ帰る日、警視庁に内海を訪ねた。一本気な薩摩おごじょと、組織の論理を優先せざるを得ない組対刑事の間で緊張感に満ちたやり取りはあったが、別れ際——。

「覚えておいやっかな？　慶子は桐生連合のアジトへ、先頭切って突入して来た内海さんの雄姿《ゆうし》を称《たた》えてこう言うたと」

正之は、亡き慶子の朗らかな顔を脳裏に浮かべて語る。

「わっぜ強か、よかにせの刑事でしたが。内海さん、ますますきばいやんせ、とな」

でしたね、と内海は遠くへ目をやる。

「強くて、優しくて、刑事になるために生まれてきたような、勇気と正義感に溢れた女性でした」

ロビーの喧騒《けんそう》が太く、大きくなる。中国人のグループが到着したようだ。でっかいスーツケースをガラガラ引きながら、陽気にパワフルに談笑している。

「まあ、おいにまかせちょけ」

内海がまじまじと見つめる。

「おいたち夫婦は内海さんの味方じゃ」

「申し訳ないっすね」

組対刑事は苦渋の表情で言う。

「滝川の恋人の件もあるのに、こっちを先にやってもらうなんて」

ちがう、誤解しちゃいかん、と正之は強い口調で釘を刺す。

「おいの最優先は、浅野弥生の奪還よ。警察の悲願とやらは二の次じゃ。そこははっきりさせとくぞ」

内海は絶句。次いで声を潜めて、お言葉ですが、と返す。

「どう考えても重要度はこちらにあるかと。しかも、古賀さんは元鹿児島県警ですよ。タケちゃんは警視庁だし、客観的に見て身内でしょうが」

優先順位が間違っている、と言わんばかり。が、正之は首を振り、

「おいはもう警察の人間じゃなか。ただの霧島のおんじょよ。光次郎の人生の方がずっと大事じゃ。悲願のなんの、大層なことを言うても、所詮、警察組織ち言うコップの中の出来事よ。自己満足の極みじゃ」

言葉が勢いを増す。

「おまけち考えとけばよか」

「おまけ？」

「グリコのおまけのようなもんじゃ」

内海は目を剝き、

「日本警察創設以来、百五十年の悲願を？」

「我々庶民にはどうでもよかこと。おいも、内海さんが関係しとらんかったらスルーよ、スルー」

内海は、処置なし、とばかりに肩をすくめ、

「大先輩に対して大変おこがましいのですが」

バカ丁寧な前置きをした上で語る。

「古賀さん、ひと皮剝けましたね」

なに？

「捨て身というか、ネガティブな要素が見えないもの。失礼ながら、以前は鬱屈《うつくつ》も苛立ちも、しっかり抱えていましたよね。いまは、権威も常識も知ったこっちゃねえ、と当たるを幸い蹴散らして涼しい顔だもんな。もう怖いもの、ないでしょう」

そうかいね、と素っ気なく返す。

「そうですよ。頭の傷だって、一歩間違えば致命傷でっせ。サツカン時代なら上司同僚含めて大騒ぎです。慶子さんが亡くなり、人生観、変わりました？」

本庁組対刑事の眼力に舌を巻きつつ、答える。

「遠慮も忖度も捨てたことは確かじゃな。おいにはもう、背負うものがなか。残りの人生、好き勝手にやらせてもらうだけよ」

納得してくれたか？　うーん、と内海は両腕を組んでうなり、五秒後、

「こういう譬《たと》えが適切か判りませんが」

眉間に筋を刻み、言葉を嚙み締めるように語る。

「坂口安吾の作品を連想させますよね」

サカグチアンゴ？　たしか昔の作家じゃなかったか――正之の困惑をよそに、唄

うように続ける。

「『白痴』とか『堕落論』で有名な、戦後無頼《ぶらい》派の親玉のような作家です。虚無というか、突き抜けた達観と不埒《ふらち》とも思える死生観、権力への嘲笑、読む者を挑発して止《や》まない純な不良性が全編を貫いて、すがすがしいくらいのデカダンティズムに彩《いろど》られているんですよ。その一連の作品と、いまの飄々《ひょうひょう》とした古賀さんが、なぜか重なるんだな」

正之はさらに困惑を深めつつ、問う。

「内海さんは文学青年じゃったとか？」

ええ、まあ、と頭をかき、

「大学は文学部でした」

なんと。

「空手部じゃなかったとか」

ぷっと噴《ふ》き、

「一応、卒論も書いています。『昭和無頼派の栄光と限界』というタイトルで。意外でしょ」

いやいや、と正之は手を振る。

「大したもんじゃ。まさに文武両道じゃな」

「そんな立派なもんじゃありません。国語の教員になろうと文学部を選んだけど、カミさんに、絶対やめとけ、と言われまして」

たしか、元妻は学生時代からの付き合いと聞いた。彼女は結婚でいったんは諦めた高校教師の夢を叶えるべく離婚した、とも。

「おれのことを世界で最もよく知るカミさん、あなたは短気だから、教師を舐め切ったヤンキー生徒の不遜《ふそん》な言動にブチ切れる可能性は十分ある、万が一、空手マンのあなたが手を出したら人生が終わり、とアドバイスしてくれました。素直に従ったから、いまのおれがあるんですけどね」

言った後、シニカルな笑みを浮かべ、

「組織の犬に堕《だ》した、バツイチの情けない野郎ですけど」

「自分を卑下《ひげ》しちゃいかんな」

正之は言葉に力を込める。

「組織に信頼されておるからこそ、今回の難しいミッションを任されたとじゃろうが」

古賀さん、と現職刑事の険しい目を据えてくる。

「褒《ほ》めているつもりですか」

「もちろんよ」

間髪《かんはつ》容れず返す。

「おいも元警察官じゃ。組織に逆らって生きていけるほど、甘か世界じゃなかち重々承知しとる。内海さんも腹を括《くく》ったんじゃろ。ならば、おいは応援するだけよ」

腰を上げる。

「内海さん、ひとつ忠告しとくが」

ソフト帽を軽くしごき、

「明日、おいを尾行するような姑息《こそく》な真似はするなよ」

一瞬にして空気がヒリつく。内海は睨むように見上げる。正之はかまわず告げる。

「もう賽《さい》は投げられたとじゃ。どういう結果になるか、おまんさあは（あなたは）泰然とかまえておればよか」

おやっとさあじゃった（お疲れさんでした）、と返事も待たず、背を向け、ソファ席を後にする。ちょっと待って、と慌てた声が追ってくる。長身の内海が肩を並べ、横ばいのこじっくいを見下ろす。

「地平教と取引する材料はあるのですか？」

歩きながら、もっともな疑問をぶつけてくる。正之は返す。

「もちろんよ。じゃっどん（しかし）」

足を止める。エレベータのボタンを押す。

「警察にはうっ殺されても言わんぞ。あしからず」

ドアが開く。乗り込み、振り返る。仁王立ちの内海と向き合う。

「こっから先はおいの領域じゃ」

まだ話は終わっていません、と肩を怒らせ、強引に入ってこようとする内海。正之は大きく息を吸い、くらあっ、と腹の底から怒鳴り上げる。

「言うこつきかんと、たたっくらわすぞ（叩きのめすぞ）」

雷鳴のような大音声《だいおんじょう》に、本庁組対刑事が一瞬、怯《ひる》む。その隙を逃さず、正之は腰を落とし、両手で押し出す。

虚《きょ》を衝《つ》かれた長身の色男はバランスを崩し、退《さ》がる。ドアが閉まる。泣きそうな面の内海が消える。おとなしく待っちょれ、と胸の内で告げる。こっからが勝負よ。

第十一章　総理候補、激白す

翌日、午前六時半。ＪＲ中央線立川駅の北口。巨大な駅ビルから張り出した二階テラスに正之はいた。昨日、訪ねた地平教の本部ビルまで半キロもない。

ビルの間から朝陽が射す。寒い。三月中旬。春真っ只中とはいえ、明け方は思いのほか冷え込む。気温は五℃前後だろう。大通りを挟んだデパートやモノレールの駅に繋がる、広場のようなテラスである。正之はソフト帽を目深にかぶり、コートの襟を立て、両手をポケットに突っ込んで佇む。

日本の政治を変えましょう、と広々としたテラスに野太い、重みのある声が響き渡る。中央で身振り手振りを交え演説をぶつ、逞しい中年男。

「いま立ち上がらないと、日本は沈没です。みなさん、日本は戦後最大の危機、緊急事態の真っただ中にあります。政治、経済、教育、防衛、すべてダメです」

マイクも使わず、寒気を吹き飛ばす勢いで朗々と、張りのあるバリトンを轟かす様は熟練のオペラ歌手のようだ。

「挑戦・改革を恐れ、温い現状に甘んじていては未来はありません。ぬるま湯に浸かったまま地獄の業火《ごうか》に炙《あぶ》られ、茹で蛙となって昇天するのがオチです」

地味な紺のスーツに、モスグリーンのネクタイ。天然パーマの短髪に、武骨《ぶこつ》な顔と細い目。中背ながら学生時代、ラグビーで鍛えたという分厚い身体は岩のようである。

早朝の駅前テラス。ほとんどの人が足早に行き交うなか、二十人余りが立ち止まり、腕を組み、スマホをチェックしながら熱心に聞き入る。ビジネスコートを着込んだ若者に作業服姿の初老の男、朝帰りらしき学生風の三人組、英字新聞を手にしたスカートスーツの中年女性。リュックに、登山靴の老夫婦。職種も年代も、見事にばらばらだ。

男は万余の聴衆を前にしたように、ごつい拳を振り上げ、額に玉の汗を浮かべ、白い息を吐いて吠える。

「瀕死《ひんし》の日本国の舵取りはこのわたしにお任せください。必ずや、再生させてみせます。日本人の潜在能力は無限です。あとはやるかやらないか。正直、行く手に控えるは難問、難題ばかりです。しかし、座して死ぬのはまっぴらごめん。このわたしが――」

平手で己の分厚い胸を二度、三度と叩き、

「捨て身のタグボートとなって漆黒《しっこく》の荒海へ乗り出し、荒れ狂う大波を乗り越え、無限の可能性に満ちた我がニッポン丸を、豊かな大海原へと導いてみせますっ」

話の節目《ふしめ》節目に拍手が起こる。男は律儀《りちぎ》に頭を下げ、ありがとうございます、がんばります、と張りのある声で応え、

「昨夜の銀座のクラブ活動で二日酔い気味ですが、みなさんの心温まる応援で睡眠不足も吐き気も吹き飛びましたっ、立川さいこーっ」

笑顔でガッツポーズを決める。税金、ムダに使うんじゃねえぞ、どっかの代議士みたくホステス遊びで自滅すんなよ、と遠慮のないダミ声が飛び交う。場が一気に熱を帯びる。もちろんです、と男は表情を引き締め、律儀に昨夜会った政財界の大物たちの実名を挙げる。ほお、と感嘆の声が漏れる。男はここぞとばかりに太い声で、

「日夜、各界の実力者と膝詰めで会い、口角泡《こうかくあわ》を飛ばす勢いで議論し、胸倉をつか

んで怒鳴り合い、ときに肩を組んで涙し、我が日本国を強靭《きょうじん》でしなやかな国家に変身させるべく、政策の熟慮策定と実行に邁進しております。無駄な酒は一滴たりとも飲んでおりません。どうかご理解のほどを」

八田俊成、四十二歳。別名〝はったりの八田〟。与党・自由国民党党四役の選挙対策委員長である。太い眉に太い鼻、刃物のような細い目。肉厚の、タフネスとエネルギッシュを凝縮したようなふてぶてしい面がまえで辺りを睥睨《へいげい》し、マシンガンのように各種統計の数字を羅列《られつ》して日本の現状を嘆き、スティーブ・ジョブズやイーロン・マスクの名を挙げ、日本の再生と気宇壮大《きうそうだい》な夢を語る様は、これぞたたき上げ、という迫力に溢《あふ》れていた。

白いジャンパーの若い女性たちが笑顔でチラシを配る。水色のジャンパーの男性たちは八田の名前を大きく染め抜いたノボリを持ち、おはようございます、いってらっしゃいませ、と演説の邪魔にならない程度の声で行き交う人々に頭を深く下げる。

チラシも挨拶も、反応は少ないが、彼ら彼女らはまったくめげない。黙々とチラシを配り、挨拶を送る。

演説する八田を遠巻きにする形でブラックスーツの屈強な男たちが辺りに警戒の目を送る。

正之は刑事に戻ったつもりで観察し、途中、チラシをもらい、目を這わす。タイトルは『週刊　八田の考え』。

時事問題についての解説がA３大のチラシの表裏に、びっしり書き連ねてある。例えば産業界を席巻《せっけん》する自動車業界のＥＶシフトについては、米国の新興メーカー〈テスラ〉の実力と弱点を指摘。次いで周回遅れの日本の現状を述べ、バッテリーに革命を起こすであろう、全固体電池の量産化実現なしに日本勢の巻き返しはあり得ない、と断言。併せてＥＶ王国中国のワールドワイドな野望（ガソリンエンジンの駆逐《くちく》とＥＶによる世界の自動車市場制覇）を己の現地視察と併せて詳述、思わず読み入ってしまう臨場感と情報量に舌を巻く。

午前七時ごろから通行人が目立って増え、モノレールの駅とＪＲとの間を往来する人の流れも太く広くなる。テラスが賑やかになるにつれ、聴衆も拍手も増える。

午前八時。演説が終了するころには聴衆も三百人を優に超え、ビンビン響く拍手に混じって、八田、日本を救ってくれーっ、立川の星、と野太い声が轟く。はったさーん、政界に若い女性を増やしてくださーい、無能なおじさんはもうたくさん、と通勤途中らしきコート姿の女性が澄んだ声で訴える。わあっ、と歓声まじりのどよめきが広がる。そのとおりーっ、よく言ったあーっ、と賛同の叫びも。次いで、日本の救世主っ、はよ総理になれーっ、政財界を牛耳《ぎゅうじ》るジジイどもを追い出せーっ、とエールともヤジともつかぬ大声が飛び交う。

常連もいるようで、あんたの演説がなきゃ一日が始まんねえよ、八田節が一日の活力源だあ、はったあ、ありがとうっ、とだみ声が上がる。

一時間半の街頭演説を終えた八田は、群がる聴衆と笑顔で握手を交わしながら、緊張感を漲《みなぎ》らせたブラックスーツの男たちに囲まれ、一階へ続く階段を足早に下りて行く。正之には一瞥《いちべつ》もくれることなく、探す素振りも見せず、あっさり消える。急に不安になった。もしかして失念した？　超多忙な与党幹部だ。忘れ去られたまま置いてけぼりか？

疑心暗鬼《ぎしんあんき》が募る。ここまでの経緯を反芻《はんすう》する。

指定の午前六時半少し前に到着したが、すでに街頭演説の準備が始まっており、忙しく立ち働くスタッフを前に、声をかけるタイミングを逸《いっ》した。八田本人はブラックスーツの連中に囲まれて慌ただしく登場。すぐに、みなさん、おはようございます、と野太い声をぶっ放し、演説が始まった。

正之は人々が速足で行き交うテラスに呆然と立ち尽くす。寒い中、一時間半、案山子《かかし》のように突っ立ったまま終わるのか?

「古賀さんですね」

若い女の声。弾かれたように振り返る。白いジャンパーにピンクのリボンで結ったポニーテールの、目がくりっとしたリスのような女性がいた。

「代議士がお待ちです。こちらへどうぞ」

誘導されるまま、エスカレータで一階に降り、通りの路肩に停車した黒の大型ワゴンに向かう。スモークガラスのはまったスライドドアが自動で開く。

入りなよ、と男の明るい声が飛ぶ。向かい合わせになったシート席。両脚を伸ばしても余裕のある、ゆったりとした空間だ。八田は進行方向に背を向けて座っていた。正之は対面《といめん》に腰を下ろす。上等の革のシートが心地よく全身を包み込む。

「古賀さん、なにぶん忙しいんで、箱乗りで申し訳ないけど」

サンドイッチをぱくつきながら、八田が屈託なく言う。

「朝飯、三十秒で終わるから」

どうぞごゆっくり、と返したが、八田はツナサンドと野菜サンドを一気に口に詰め込み、頑丈《がんじょう》なあごで咀嚼。ペットボトルのウーロン茶で豪快に流し込む。二十秒もかからない。お絞りで手と顔、首筋を拭い、ペットボトルとサンドイッチの包みをポリ袋に入れて縛り、ポニーテールの女性に、よろしく、と渡す。女性は受け取り、行ってらっしゃい、と笑顔で手を振る。スライドドアが閉まり、発進。運転席にパンチパーマの厳つい男。極道、と言われれば信じてしまうと思う。助手席にスキンヘッド。こっちは目鼻立ちの整った禅僧のような男。いずれもブラックスーツである。

ワゴンの後ろからシルバーのＢＭＷがぴたりと尾《つ》いてくる。スタッフ用の車両だろう。

「辻立ちは毎朝、ですか」

ん？　と目をすがめ、

「ウィークディだけだよ」

「大変ですな」

「スタッフはね。おれは党の選挙を預かる身だから当然だと思っている。率先垂範《そっせんすいはん》、というやつだ。まあ、単なる自己満足かも知れんがね」

肉厚の顔に太陽のような笑みが浮かぶ。元々不敵な面がまえだが、笑うと途端に人懐《なつ》っこい顔になる。この落差が、たたき上げ政治家八田の魅力のひとつだろう。

「さ、おたくの用件、次、永田町のホテルで勉強会があるので、その間にすませちまおう」

「忙しいとこ、ほんに申し訳ありません」

「いつもこうだからさ」

スケジュールを列挙してみせる。

「勉強会の後も会合が二つ、その後は新橋《しんばし》駅前で若手議員の街頭演説会の客寄せパンダだな。昼食会は経団連《けいだんれん》の会長——いや、経済同友会《けいざいどうゆうかい》だっけな。まあいいや。とにかく財界のお偉いさんとフレンチのフルコースを食いながら、込み入った難しい話をするわけよ。おれはささっと盛りソバでいいんだけど、それじゃあ間がもたないらしい。めんどうくせえな」

「わたしのような田舎者には目が回るような忙しさでごわす」

「慣れればどうってことないよ。下手に休むと、心身が緩《ゆる》んじまって後が大変なんだ。政府が推進する働き方改革の真逆だけど」

白い歯を見せて呵々大笑する。

こうやってサシで向き合うと、上り調子の人間特有のオーラに圧倒されてしまう。政治家によくある肥満、脂肪が波打つ二重あご、濁った胡乱《うろん》な目とは対極の、筋肉質の分厚い身体に怖いもの知らずの凛とした眼差し、霧島山中の赤松の根っこを連想させる太い首と、スーツが弾けそうな胸板。屋外での旺盛《おうせい》な活動がしのばれる浅黒い肌に、肉体労働者もかくやのごつい指。全身から匂い立つ精気と闘気にむせ返りそうだ。

八田は屈託なく語る。

「昨夜、衆議院議長の桜井《さくらい》さんから電話があって、大学同期の切なる依頼だから会ってやってくれ、と頼まれてさ」

つまり、東大法学部の同期。岸本の人脈と尽力に改めて感謝である。

「古賀さん、警察庁の元キャリアと知り合いなんだね」

はい、と手短に述べる。

「鹿児島県警時代、お世話になりまして」

ワゴンはビル街を走る。

「了解。で、事前に調べたんだけどさ」

軽く指を振る。助手席のスキンヘッドが、承知しました、と前部のパネルを操作。音もなくガラス板がせり上がる。運転席との間に透明な間仕切りが出現する。

「完全な密室だからなんでも話せるぜ」

悪戯《いたずら》っぽく片目を瞑《つむ》り、懐からスマホを抜き出す。素早く操作し、画面に見入る。

「おくさんの慶子さん、五カ月前、亡くなったんだね。元枕崎《まくらざき》警察署の交通課で、旧姓伊藤《いとう》。結婚して退官されたのか。そういう時代だもんな」

はい、と応えながら、大物政治家が持つ圧力のようなものを感じる。おまえのことはなんでも知っている、と。

「寂しいよね」

スマホを見つめる目が哀しげにゆがむ。

「突然、だもんな。たまらんよなあ」

「それは、まあ」

なんだ？　話がおかしな方向へ行きやしないか？　正之の困惑をよそに、八田は己のプライベートを開陳する。

「おれも結婚、二度したけどさ。最初が売れないグラビアアイドルで、次が年増《としま》の女子アナ。共にあっという間に空中分解して、慰謝料をたっぷりふんだくられて終わり。まあ、我《が》の塊《かたまり》同士が一緒になったんだから、当然の帰結だけど、おれみたいな結婚不適格者のバカ野郎はともかく、古賀さんは一生添い遂げるつもりだったんだろ。地元の商業高校卒業後、県警で地道に真面目に、滅私奉公《めっしぼうこう》で頑張ってきて、さあこれから女房孝行だ、というときの悲劇だからめちゃくちゃ辛いよな」

恐縮です、ソフト帽に手を当て、

「わたしのような一介の田舎者に、身に余るお言葉。ありがたい限りです」

「まあ、人生、いろいろあるよね」

ごつい指でスマホの画面を送りながら言う。

「で、定年退官後、再就職してないけど、なにがあったの？」

目の奥がジリッと熱くなる。言葉に詰まる。八田はしてやったりの表情で、

「生まれ故郷の霧島連山の麓《ふもと》で、晴耕雨読《せいこううどく》の生活に入ったのかな？」

「そげなとこですな」

しどろもどろになってしまう。完全にペースを握られた。立て直しをする間もなく、八田は畳みかける。

「じゃあ、本題に入ろうか。たたき上げの大先輩、田中角栄《たなかかくえい》は毎朝五十件からの陳情《ちんじょう》をこなし、一件あたり三分も要しなかったっていうけど、おれは凡人《ぼんじん》だからじっくり聞くよ」

ひと呼吸おき、

「地平教の件だってね。浅野京子の娘さん、だっけ」

はい、とうなずく。八田はスマホを懐に戻すと両手を組み合わせ、穏やかに語る。

「ご存じの通り、浅野京子はうちの私設秘書も務めているけど、極めて優秀だよ。非の打ちどころがないな」

「浅野さんには昨日、地平教の本部で会いもした」

ほう、とシートにもたれる。細い目が尖る。

「誠意を込めて話しましたが、まったく埒《らち》が明かないもので」

正之は一気に語る。

「長女の弥生さんと、わたしが懇意にしている青年は結婚の約束をしとりますが、京子さんが絶対反対でして」

「そりゃあ、苦労を重ねた母子家庭だから、弥生さんへの想いは人一倍強いだろう」

「しかし、悲劇の宗教二世です」

ぐっと息を呑む。表情に警戒の色。正之はかまわず、厳しい言葉を重ねる。

「幼少期より京子さんからあらゆる身体的な虐待を受け、罵詈雑言《ばりぞうごん》を浴びて育った、同情すべき宗教二世、いやカルト二世です」

あんた、と一転、八田は背を丸め、砕けたべらんめえ口調で問う。

「このおれにいったいなにをやらそうってんだ？　ああ」

正之は訴える。

「京子さんに、弥生さんとの縁を切るよう、説得してくださらんか」

おおっ、と八田は大仰にのけぞる。シートが軋む。

「母娘《おやこ》の問題に与党選対委員長のおれが介入するのか？　しかも縁切りだと？」

顔を斜めにして、まるで地球外生物でも前にしたようにしげしげと見る。ここ、

と己のこめかみを指さし、

「大丈夫かい？」

正之はソフト帽をつかみ上げ、ほれ、と頭を寄せる。八田は眉をしかめ、どうした、とうめく。半グレに鉄パイプで殴られた左側頭部。十針縫った傷跡。

「一昨日、つまらんトラブルで若か元気な連中にやられもした。東京はさすがに荒っぽか。鹿児島とは比べ物になりもはん」

八田は急に神妙な顔になり、両手を腿に置いて頭を下げる。

「そんな大怪我してんのに、寒い中、長いこと待たせて悪かったな」

一瞬、目を疑った。政治家は偉くなるほど謝罪などしないものだ。まして八田は与党選対委員長の要職にある身。普通、初対面の田舎のおんじょなど、己に非が百パーセントあっても無視か冷笑で済ますだろう。が、この男は違う。ごく自然に頭を下げてきた。すべてが規格外、元々の人間の器がでかい、ということか。元鹿児島県警刑事はソフト帽をかぶり直し、

「市ヶ谷の優秀な医者に、日常生活にまったく問題なし、の太鼓判を押してもろうております。まあ、少しは脳みその回路に不具合が生じたかもしれもはんが」

肉厚の顔に困惑の色。ジョークか否か、判断がつきかねているうちに、ともかく、と正之は会話のグリップをしっかり握る。

「京子さんは、地平教の守護神たる八田さんのことを心から尊敬されとります」

しゅごしん、と唇が不快げに動く。正之は内海から得た情報を元に、さらに踏み込む。

「八田さんの選挙は地平教が全面協力しとるち、知る人ぞ知る事実のようですな」

八田は露骨《ろこつ》に舌打ちをくれ、眉間に筋を刻み、食い殺すような目を飛ばしてくる。一般人なら一瞬で腰が砕ける、極道顔負けの睨みだ。正之は受け止め、

「選挙事務所の運営に、電話でのローラー作戦、各所演説会の設定と聴衆動員、選挙カーの効率的な巡回、ポスター貼りにチラシ配布、自転車部隊による候補者名の連呼。選挙区に百人単位の信者が運動員、事務スタッフとして投入され、ほぼボランティアで労を厭《いと》わず黙々と働くため、絶大な効果があるち聞いております」

肉厚の顔が怒気《どき》で朱に染まる。正之は背筋を伸ばし、穏やかに辛辣に、語りかける。

「カリスマ、クロテツが牛耳るカルト故、信者は命令があればなんの疑問も持たず、

気力体力が尽きるまで選挙活動に邁進するそうな。しかも、常に世間の厳しい視線に晒されてきた新興宗教団体として、八田さんに大変な恩義も感じております。持ちつ持たれつ、政治家の、生き残りを賭けた闘いである選挙への全面協力は当然ですな」

八田はあごを引き、なんだあ、とうなる。

「おれに恩義ぃ？　そんなもん、あったか？」

すっとぼける。正之はここぞとばかりに斬り込む。

「四年前、教団名が『新基督霊導教会』から『地球平和教会』に変更になっております」

片眉が不快げにゆがむ。

「普通、宗教団体の名称変更は、よほどの理由がない限り、所管の文部科学省がまず許可しません。これは悪質なカルト教団が容易に名前を変え、まったく違う宗教として世を欺《あざむ》き、霊感商法への勧誘や伝道活動を大々的に行うことがないように、との配慮であります。ところが四年前——」

ワゴンはいつの間にか高速道路を走っていた。〈中央自動車道〉の案内標識が後方へと流れて行く。

「地平教が霊感商法でマスコミからバッシングを受けている最中、文科省の八田俊成・政務官が各方面に根回しをし、名称変更を実現されたち聞いております」

八田は首をかしげ、

「どこから？」

「さる筋より」

ぷっと噴く。肉厚の顔がクシャクシャにゆがむ。

「元鹿児島県警ノンキャリのプーが、さる筋、かよ。自由国民党選挙対策委員長のおれに」

「人間、いろんな顔があいもす」

八田は笑みを消し、おもむろに問う。

「元警察官僚に知り合いがいるってことか？　あんたをおれに繋いだという」

「それもあいもす」

正之は与党幹部を正面から見据え、

「田舎者じゃちいうて、あまり舐めんことですな。仮にもあなたは赤絨毯《あかじゅうたん》を踏む代議士じゃろう。ひとを第一印象や表の経歴だけで判断すると、いつか痛い目に遭いもすぞ」

「年寄りのアドバイスかい？」

「だてに年齢《とし》はとっておりもはん」

ふむ、と無遠慮にじろじろと目を這わせ、

「で、対価《たいか》はなんだ？」

対価？　八田の表情が一変。口角を上げ、目尻を下げ、にたりと笑う。

「与党幹部のおれに頼みごとをするんだ。相応の対価はあるんだろう？」

密室の謀議《ぼうぎ》に慣れた政治家の卑《いや》しい面《つら》が現れる。正之は返す。

「もちろんでごわす」

細い目が一瞬、見開かれる。正之は明るい口調で告げる。

「ただし、金品《きんぴん》の類《たぐい》ではありもはん」

なにぃ、とばかりに眉根を寄せる。

「どちらかというとスキャンダルの類ですな」

八田はぐっと息を詰め、囁く。

「おれと地平教の関係か？」

正之は問い返す。

「私設秘書を務める地平教女性幹部が、霊感商法で稼いだ莫大なカネを政治献金名目で政治資金団体が管理する複数の口座に振り込み、永田町の事務所を仕切っている、とか？」

相手の腹を探り合う、問い掛けのキャッチボールが続く。

「それを公表しないから、あんたの頼みを聞けってことか？　つまり、脅迫か？」

そいは違いもす、と正之は軽く手を振り、

「その程度では八田さんの致命傷にはなりもはん。地平教の件は初耳、私設秘書が勝手にやったこと、だが責任はすべて自分にある、と神妙に謝罪し、選対委員長を辞任すれば禊《みそぎ》になる話。八田さんが議員辞職に追い込まれるような、超弩級《ちょうどきゅう》のスキャンダルではありませんな」

じゃあ、とかすれ声が漏れる。

「どんなスキャンダルだ？」

正之は努めて明るい口調で答える。

「コールガールでごわす」

なんだあ、と目をすがめる。正之はぐっと前のめりになり、

「浅野京子さんが娘の弥生さんに売春を強《し》いた件、ご存じありませんか」

息を吞み、絶句する与党幹部。正之は一転、声を低め、畳みかける。

「短大卒業後、一般企業で真面目に働き、生活費以外のカネを教団に献金していた弥生さんを、稼ぎが足りない、と激怒し、責めたて、退職に追い込んだあげく、あろうことか歌舞伎町の大久保公園一帯で街娼《がいしょう》、いわゆる立ちんぼをやらせていましてな」

まさかそんなことを、と与党選対委員長は唇をゆがめ、うめくような声を絞り出す。

「母親としてあり得んだろ」

正之は冷静に語る。

「京子さんは骨の髄《ずい》まで洗脳されておりもす。肉体はいくら汚され、ぼろぼろになろうとも、魂さえピュアならそれでよし、とする恐ろしい思考の持ち主です。彼女にとっては地平教がすべて。地平教のためにカネを稼ぐなら、人殺しでもOKでし

ょう。たとえ娘が場末のラブホテルでおかしな客に酷い殺され方をしようと、毛筋ほども罪悪感を抱かないはず。むしろ、地平教のために闘い、殉死した素晴らしい娘、と誇りにさえ思うかもしれん」

返事なし。八田は宙を眺めて動かない。

「教団へのお布施目的で母親が娘に売春を強要、それも不特定多数の客を相手に街頭で、というおぞましい事実が明らかになれば、秘書として重用していた八田さんもタダじゃすんもはん。政治活動を巡る教団とのいびつな関係も野党、マスコミから執拗《しつよう》に問われるでしょう。間違いなく議員辞職ですな」

フロントガラスの向こう、西新宿の高層ビル街が朝陽を浴びて銀色に輝く。

「嫌な話だねえ」

八田の表情に余裕の笑み。もうショックから立ち直り、活路を見出したようだ。

正之はその強靭《きょうじん》な精神力、起き上がり小法師《こぼし》のごとき回復力に舌を巻きつつ、身がまえる。

「でもさ、古賀さんが直接、弥生から聞いたわけじゃないんでしょ」

鹿児島県警元刑事は腹をくくる。

「伝聞でごわす」

だよな、と安堵《あんど》の息を吐き、与党幹部は反撃に転じる。

「元刑事さんには釈迦に説法だと思うけど、伝聞じゃあ証拠能力ゼロだな。たとえ弥生本人が証言したところで、浅野京子が舌鋒《ぜっぽう》鋭く、ためにする作り話、母親を貶《おとし》めることが目的、娘は精神的に病んだ虚言癖のある一種の詐話師《さわし》、とでも反論したら、それで終わってしまう話じゃないかな」

形勢逆転を確信したのか、八田の言葉が勢いを増す。

「地平教は凄腕のヤメ検を揃えた精強弁護士軍団を抱えている。母親が娘を名誉棄損で訴えるかもしれんぜ。いや、裏であることないこと吹き込む黒幕として婚約者の青年と――」

目の前の元刑事に向け、軽くあごをしゃくる。

「古賀さん、あんたも含めて訴えるだろうな。あの女、気性の強さとプライドの高さは天下一品だから」

「でしょうな」

八田の顔から笑みがかき消える。

「実の娘を訴え、叩き潰すくらい朝飯前。つくづく怖か女です」

正之はおもむろに右手をコートのポケットに入れ、しょんなか（仕方なか）、と呟き、ガラケーを抜き出す。

「これを聞いて欲しか」

八田の顔がドライアイスを吹き付けたようにこわばる。

「あなたが知らん、怖か女の正体が録音されておりもす」

喉仏がごくりと動く。正之はガラケーを操作する。ん？　焦る。音声データの取り出し方はどうじゃったか？　出てこない。指が徒《いたずら》に空回りするだけの無為な時間が流れる。ワゴンのエンジン音がいやに大きく聞こえる。

「貸しなよ」

八田が指で招く。

「貴重な時間がもったいない。おれが操作してやる」

ほら、と半笑いの呆れ顔で右手を差し出す。

「データ、消したりしないから。どうせ他に保存してあるんだろ。さあ寄越しな」

情けんなか、と胸の内で独り言《ご》ち、ガラケーを渡す。八田はさっさと操作すると目を閉じ、耳を澄ます。

〈だから、大久保公園に行けば判るって言ってんだろ〉

京子の、タガが外れたような甲高い声。八田のほおが不快げに痙攣《けいれん》する。

〈カネの折り合いが付いたら近くのラブホにしけこんで股開くだけだ。簡単なもんだ〉

母親の冷酷な言葉の後、娘の哀れな震え声が聞こえる。

〈ママ、あたし、売春なんかやりたくない〉

ありがとさん、と八田は音声を切り、うんざり顔でガラケーを戻す。

「もう十分だ」

両手を後頭部に回し、シートにもたれる。細い目が虚空を見つめる。正之は居住まいを正し、

「八田さん、政治家の前に、ひとりの人間として対処して欲しか」

虚脱したような表情の与党幹部に切々と語りかける。

「どうか、不幸な宗教二世を救ったもんせ。八田さんの言うことなら、浅野京子さんは二つ返事で了承しもす。なにせ、教祖クロテツに次ぐ、尊敬の対象ですから」

車内に重い沈黙が満ちる。正之は待つ。八田があごを引き、冥い鉛のような目を据えてくる。かさついた唇が、勝てないんだよ、と動く。勝てない？　だれが？

「古賀さん、おれじゃあ、選挙に勝てないんだよ」

放り投げるような物言いだった。正之はどう返すべきか判らず、黙っていると、八田は両手を解いて座り直し、すがるような目で訴える。

「日本の政治は腐っている。二世、三世のぼんくら世襲政治家の天国だ。現閣僚も半数以上が世襲組だ。政治が家業になっている。こんなでたらめな国が他の先進諸国にあるか？　庶民階級の優秀な人間が大望を抱き、いざ政界へ打って出ようとしても、まずカネとひとで挫折《ざせつ》しちまう。ハードルがめちゃくちゃ高いんだ」

八田はため込んでいた憤懣《ふんまん》を吐き出すが如《ごと》く、一気に語ると、喘ぎ、酸欠寸前の水球選手のように大きく息を吸い、

「おれは最初の選挙で惨敗。周囲の信用を無くし、莫大な借金を背負った。まだ三十歳なのに、路頭に迷い、将来真っ暗だ。毒饅頭《どくまんじゅう》も食いたくなるわな」

居直ったのか、薄い笑みを浮かべ、

「古賀さん、おれは卑屈《ひくつ》なコンプレックスの塊でね」

己の半生を告白する。

「立川市の都営団地で生まれ育ち、小学中学と成績がよかったもので、高校は難関の私立に進んだ。有名大学の付属でね。両親はどっちも高卒だから、息子に希望を託したんだな。まさに爪に火を点《とも》して、分不相応《ぶんふそうおう》な高い入学金と学費、寄付金を賄ってくれたよ」

八田が挙げた高校名は、甲子園や花園《はなぞの》にも出場歴のある、文武両道で知られた有名私立大学付属高校だった。

「しかし、なかはひでえもんでね。イジメと差別のカオスだ」

まるで犬のクソでも見たように顔をしかめる。

「付属の小学、中学から入った連中はいいとこのボンボンが多くてさ。とくに小学校の入試は学力より紹介者、家柄、寄付金の額が考慮され、別荘とか大型クルーザーを所有する富裕層も普通にいたな。彼らはプライベートでも仲がよく、やれパーティだ避暑だスキーだ、と家族ぐるみで付き合いを深め、高校から入った庶民層を露骨に差別しやがる」

ちくしょう、と当時の屈辱が甦ったのか、拳を掌に打ち付け、

「おれんちは都営団地住まいで親父はタクシー運転手、おふくろはパートでスーパーのレジ打ちだ。見下される要素はゴマンとあった」

目を血走らせ、眉間に深い筋を刻み、呪いの言葉を吐くが如く語る。

「やつら、おれを呼ぶときはせせら笑い、指笛を吹き、ヘイ、八田タクシー、カモン、ハリアップ、だ。バカにしやがって」

すんもはん、と正之は言葉を挟む。

「ないごて（どうして）タクシーの運転手がバカにされるとですか。お父上は日夜、一生懸命、家族のために働いておられるとでしょうが。しかもこの、道路が網の目の如く入り組んだ、世界一の大都市東京で、カーナビもない時代から他人様《ひとさま》の命を預かってハンドルを握り」

ひと呼吸おき、

「とても理解できもはんな」

八田は鼻白《はなじろ》んだ様子でしばらく見つめた後、

「あんたんとこじゃ、そういうことはなかったのか？」

「まったく」

正之は当時を振り返って語る。

「わたしが小学生のときは新婚さんの集団が連日、日豊《にっぽう》本線の霧島神宮駅に特急列車で到着、タクシーのピストン輸送で霧島連山へ向かっとりましたからな。運転手さんはわっぜ（ものすごく）景気が良かったです。よか家に住んで、肉や魚をふんだんに食うて、憧れの職業でしたな」

一度、神宮駅近くの小学校から霧島神宮まで遠足で国道を歩いた際、若い教師の発案で、霧島連山に向かう新婚さんのタクシーを数えたことがあった。距離にして五キロ程度だが、その間、新婚さんが仲睦《むつ》まじく乗るタクシーは二百台を超え、子供ながらに驚いた記憶がある。

「新婚カップルの大襲来って、いったいいつの時代の話だよ」

八田がせせら笑う。正之は律儀に答える。

「昭和四十年代前半になりもすな。まだ海外旅行が一般的ではなく、宮崎、鹿児島が新婚旅行のメッカちいわれた時代です」

はっ、と逞しい肩をすくめ、

「おれが生まれる遥か前の、特別な土地の特別な時代の話だな。さすがにいまは相応の評価を受けてるんだろ」

「相応の評価ち申しますと？」

調子狂うな、と天然パーマの頭をかき、

「だから、一般的認識として、リストラや企業倒産で仕事を失い、最後に駆け込むところがタクシー業界だろ。雇用の調整弁として機能する業界で働くしかない切羽《せっぱ》詰まった人間への、まあ優越感みたいな心情だよ。判るかい？」

いいえ、と正之は大きく首を振り、

「わたしは職業に貴賤《きせん》はなかち信じております。あるとすれば、人間の品格《ひんかく》の差だけですな。元警察官として、犯罪者は徹底して唾棄《だき》、軽蔑しもすが、額に汗して真面目に働く人間を卑下《ひげ》することは一切ありもはん。その前提で話しますが」

八田は鳩が豆鉄砲を食らったような面で見つめている。

「我が故郷も、ご多分に漏れず独居老人と過疎地《かそち》が多くなっておりますが、そこで活躍するのがタクシーですな。自家用車を手放した限界集落の年寄りの通院に買い物、山の向こうの友人親戚宅訪問。タクシーは鉄道もバスもない、過疎地の大事な足として日夜、走り回っております。有難く思う人はおっても、見下す人間はおりもはん。新婚旅行ブームの昔ほど大儲けはできなくとも、社会のインフラとして、とても重要な仕事ち認識です。これは都会も変わらんのではありませんか」

ふむ、と八田はあごを親指で支え、沈黙。ワゴンは都心が近づくにつれ、速度が落ちる。ビルの海を割って延びる上下四車線の高速道路を、クルマがびっしり埋めている。これが大都会の朝の渋滞か。道路の標識は、〈中央自動車道〉から〈首都高速〉に変わっていた。

「で、底意地の悪か同級生はどうなりもした？」

我に返った八田は、そうだな、と呟き、

「おれは中学まで柔道をやっててさ。高校入学後はラグビーだ。ポジションはロック。タックル専門でな。フルスピードで突っ込んでくるでかい相手に頭からつっこんでぶっ倒すのが面白くて、けっこうはまったな」

「仲間内から壊し屋、クラッシャー、と畏怖《いふ》される、勇猛果敢《ゆうもうかかん》なラグビー選手ですな」

そんなたいそうなもんじゃねえよ、と鼻で笑い、

「まあ、腕っぷしには絶対の自信があったから、ヘイ、タクシーなんて言う舐めた

モヤシみてえな連中はまとめてトイレに連れ込んで締め上げ、立川のバーバリアン、野蛮人、と怖がられ、ますます孤立したよ」

「名門校の学園生活はなかなか難しかもんですな」

「そのうち、向こうから寄ってきたけどね」

「雨降って地固まるちわけですか」

「うまく利用されただけだよ」

パー券を売り捌《さば》いて大儲けのナンパなお坊ちゃまたちがガラの悪い高校の不良グループにからまれて殴られ、カネをまき上げられ、八田に助けを求めてきたのだということ。

「八田くん、あいつらをこらしめてくれ、カネを取り返してくれ、と泣きつかれてね。仕方ねえから、奴らのシマの六本木まで出張っていったんだよ」

これで、と見るからに硬そうな拳を掲げ、

「五人ばかり殴り飛ばし、カネを取り返してやった。お坊ちゃま連中、大喜びだったな。きみはバーバリアンではなくヒーローだ、現代のアレキサンダー大王だ、ヤマトタケルだ、いや、チンギス・ハーン、ナポレオン・ボナパルトだ、とわけの判らん褒《ほ》め方でさ。パー券で儲けたカネでステーキや寿司を奢《おご》ってくれたよ。番長、ビッグボス、と尊敬の眼差しを向ける取り巻きに囲まれ、乞《こ》われるまま、そんなケンカ騒ぎを二回、三回と繰り返すと、不良グループの反撃も食らって、大乱闘になり、高三の秋、補導されて退学処分だ」

ゆがめた唇に皮肉っぽい笑みが浮かぶ。

「校長は、我が校開闢《かいびゃく》以来の不祥事、暴力に身も心も売り渡した大悪党、恥を知れっ、と怒り心頭《しんとう》だったな。ま、パー券売って六本木で遊び回り、トラブっているモヤシ連中と甲乙《こうおつ》つけがたいと思うが、おれは後ろ盾ゼロのド庶民だからさ。育ちの悪い腐ったミカンはいらん、とばかりに、卒業目前でおれ一人、あっさり切り捨てられたわけよ」

両親は激怒。家を追い出され、バイトの掛け持ちで大検の資格を取り、中堅私大の二部に進学。在学中も住宅リフォームのセールスにトラック運転手、深夜工事のガードマン、産廃工場の作業員といった実入りのいいバイトと奨学金で生活費学費を賄い、卒業後はフルコミッションの保険営業で年収二千万余り稼いでいたが、三十歳目前で転機が訪れる。

「高校時代の取り巻きの一人が外務省に入ってね。そいつが、海外での世襲政治家の破廉恥《はれんち》な振る舞いをイヤというほど教えてくれたんだ。国費を使った海外視察の名目で欧米各国を回る世襲のバカどもが、国民の目が無いのをいいことに、ハリウッド女優みたいなパツキンとやらせろ、コカインを存分にきめたい、カジノで大負けした分は大使館の交際費で補塡《ほてん》しろ、宿泊先を五つ星ホテルに変更しろ、などと騒ぎ立てるのは日常茶飯事らしい」

憤懣《ふんまん》やるかたない口調で言う。

「大使館員の最も重要な仕事、それは税金で遊び回る、世襲を中心としたアホ政治家のためのポン引きと観光・ショッピングガイドだ。在留邦人、旅行者の保護、トラブル処理等は二の次だとさ」

その後、本人曰《いわ》く、義憤にかられ、日本の未来を危ぶみ、衆院選に出馬するも、敢え無く轟沈《ごうちん》。口八丁手八丁の選挙コンサルタントの言うがまま寝食を忘れて選挙活動に励むも、蓄えをすべて吐き出した上、五千万の借金を抱えてしまった。あまりの不甲斐なさに自殺を考えるほど落ち込み、途方に暮れていたところ、地平教から声がかかったのだという。

「おれは地平教のおかげで厳冬の浪人時代を生き抜き、晴れて国会議員になった。それは否定しない。だが、世襲どもはなんだ？　選挙区に深く根を張った後援会に親の知名度、相続税・贈与税無しで引き継いだ政治団体の莫大なカネ――俗に言う三バンが用意され、楽々当選だ。百メートル走を五十メートル先からスタートするようなもんだ。庶民が馬鹿正直に戦って勝てるわけがない。各界から広く優秀な人材を集めるべき政治が家業になってんだぞ。ビジネス、学問の世界の俊英《しゅんえい》が志《こころざし》高くいざ国政に参加しようと思っても、奴らに問答無用でブロックされるんだ」

顔をへしまげ、やり場のない怒りをぶちまける。

「世襲議員の当選率は八割を超え、非世襲は三割以下だ。しかも世襲組は若いうちから議員になり、キャリアを積めるため、閣僚の座は約束されたも同然。日本の政治は苦労知らずの世襲どもに食い散らされ、劣化するばかりだ。それと軌《き》を一《いつ》にするように、日本の国力もダダ下がりだ。当然だ。やる気も能力もねえ、乳母日傘《おんばひがさ》でノホホンと育った、プライドばかり高い連中が国の舵取りを担ってるんだからな」

言葉がヒートアップする。

「親も国会議員がラクで高給で居心地がいい商売と知り抜いているから、子供に継がせようと必死だ。おかげで我が自由国民党は約半分が世襲議員だ。国が給料を払う公設秘書にも息子、娘がわんさかだ。もちろん優秀なやつはいる。が、九割は無能だ。あんたの地元もそうだろ」

口元に嘲笑が浮かぶ。

「西郷、大久保、と歴史上の偉人を誇るのはいいが、いまの連中はなんだ？　世襲のぼんくらばかりだろ。国家を切り回す大望を持った血気盛んなサムライはゼロだ、ゼロ」

否定できない。愛人契約した女子大生にカネを毟《むし》り取られ、週刊誌に売られた色ボケのおっさんとか、未成年女性と強引に関係を結び、強姦罪で訴えられそうになった倫理観ゼロのマヌケ野郎とか。

ざっと振り返っても国民の血税で遊んでいる呑気な連中ばかりだ。悲しいことに、国政、地方政治を問わず、世襲政治家のスキャンダルは枚挙《まいきょ》に暇《いとま》がない。鹿児島県警時代は、後援会がカネと人脈で抑え込んだ不祥事も数多《あまた》見聞きした。西郷、大久保とは雲泥《うんでい》の差。人間の種類がまったく違う。激動の明治維新、非業の死を遂げた気高《けだか》き薩摩の志士たちが泣いている。

〝はったりの八田〟は声高に語る。

「おれが天下をとったら世襲どもを一掃してやるよ。まずは英国のように原則、親の選挙区からの出馬禁止だな。議員の数もばっさり削減だ。いまは税金で高級な酒とメシを食い、利権を貪り、威張り散らす無能な勘違い議員が多すぎる。国会で船を漕いでいる半ボケの老害どもも一斉退場だ」

理想は判りもした、と言葉を挟む。むっとする八田。

「八田さんが毒饅頭を食ろうたのは、気力体力共に充実した若いうちに政治家になり、キャリアを重ね、見聞を広め、志をひとつにする仲間を募り、この沈みゆく日本を救うためでごわすな」

八田はふてぶてしい笑みを浮かべ、

「清濁併《せいだくあわ》せ呑むというやつだ。幸い、地平教の政治的主義主張は、アメリカに依存し過ぎねえ真の独立国家樹立を目指すおれと近いものがあった。アメリカを悪魔、と罵倒《ばとう》するほどおれはロマンチストじゃないけどさ」

なるほど、と正之は両腕を組み、正面から見据え、

「しかし、地平教の霊感商法で泣いている人々は世にごまんとおりもす。カルト二

世の浅野弥生さんもまったき犠牲者ですな。そういう方々を救うこともまた、政治家の大事な仕事ではありもはんか」

ぐっとうめき、八田はしばし沈黙。ワゴンは笹塚を通過する。洋館の上品な老女に、くせ者の事情通の吉野老人。まだ昨日のことなのに、遥か昔の出来事のようだ。いろんなことがありすぎた。

「古賀さん、いいことを教えてやろう」

八田が意味深な表情で囁く。

「なぜ、三回生の、しかも四十そこそこのおれが、党四役である選対委員長を務めているのか、だ」

「相応の実力があるから、ではありもはんか?」

うれしいねえ、と相好《そうごう》を崩す。正之は付言する。

「バックには地平教の盤石《ばんじゃく》の組織力も控えとりますし」

八田は苦笑し、

「古賀さん、言うねえ」

「思うところありまして、忖度、遠慮の類はとっくに捨てもした。あしからず」

「いいんじゃないの」

ほおを指でかき、

「普通、五回当選が大臣、および党四役の適齢期とされている。年齢もおおむね五十代以上だろう。年功序列の権化、まずは雑巾がけから、の業界だからな。家柄も学歴も無きに等しいおれが例外中の例外なのは、だ――」

肉厚の顔が嗤い、糸のような目から愉悦《ゆえつ》が滴《したた》る。

「毒饅頭を食わせたからだよ」

「だれに」

「いっぱいだよ」

両手を軽く掲げ、

「自由国民党のえらい連中から若手まで、まんべんなく」

そうか。八田は嬉々《きき》として語る。

「政治家は落選したら、ただの傲慢《ごうまん》なごく潰しだ。政治家にとってもっとも大事なものは、高邁な理想でも、優れた政策でも、市民との意見交換でもない。それは――」

キメのセリフを吐く舞台俳優のようにたっぷり間をおき、

「次の選挙に勝つことだ」

正之は黙って耳をかたむける。

「地平教は選挙活動のプロだ。信者は並の運動員、スタッフの三倍の働きをする。しかもボランティアだ。候補者にとってこんな頼もしい戦力は無い。組織票も魅力だが、それ以上に選挙活動が凄まじい。選挙区に投入した百人単位の信者が文字通り命がけで頑張るからな。ゆえに政治家は、争って毒饅頭を食いたがるわけよ」

ぐっと前のめりになり、眉根を寄せ、

「古賀さん、毒饅頭で腹を満たした連中、あんたが名前を聞いたら仰天する大物もいるぜ」

待ったもんせ（待ってください）、と右手を挙げて制す。

「そげな重要なこつ、さっき会ったばかりのわたしに話すのは不用心ではありもはんか。国政をあずかる政治家として些《いささ》か脇が甘い気がしもす」

はっ、と両腕を大きく広げ、

「ご忠告、ありがとうさん。しかし――」

傲然《ごうぜん》と言い放つ。

「おれも政治のプロだ。日に百人、二百人の、どこの者とも知れん人間と名刺を交換することも珍しくない。一瞬で、その人物の正体を見抜かなきゃ、後で寝首《ねくび》を掻《か》かれることになる。ゆえに、人物評定《ひょうてい》の眼力には絶対の自信を持っている」

揺るぎのない言葉だった。

「古賀さん、あんたは辻立ちの一時間半、おれに意識を集中していた。『週刊　八田の考え』を読む間も、一瞬たりとも気持ちが切れなかった。いくら張り込みに慣れた元刑事とはいえ、屋外のあの寒気の中、簡単にできることじゃない」

「あの状況でわたしを観察？」

信じられない。演説中の八田が、テラス隅に佇《たたず》む横ばいのこじっくいに注意を払う素振りは、ただの一度もなかった。

「おれは政治家だよ。相手に悟られず観察するなど、朝飯前だ」

「午前六時半を指定したのも人物評定のため、ですか」

わるいな、と片手で拝む真似。

「どの程度の人物か、しっかりと見極めたかったものでね。おかげであんたが信用に足る男だと確信した」

「もし信用に足らざる人物、と判断していたら？」

「声もかけず、おさらばしていたさ。当然だろ」

なるほど。

「たいしたお方じゃ。総理も夢ではありもはんな」

「あたりまえだ」

〃はったりの八田〃は不敵な笑みを浮かべ、

「日本政治史上初の、私大二部卒の総理になってやるよ。額に汗して働く真面目な日本人に希望を与えなきゃな」

「まことに僭越《せんえつ》ながら、ひと言」

なんだ、とばかりに笑みを消す。正之は言葉を選んで語る。

「八田さんの政治への怒りは判りもした。わたしもおおむね同感です。しかし」

ひと呼吸おき、

「議会制民主主義の体制下、世襲のぼんくらどもを国会に送り込んでおるのは有権者でごわす」

八田は痛いところを衝《つ》いてきた、とばかりに唇をぎゅっと嚙む。

「有権者のレベルより高い政治は存在しないとも申します。まずは有権者の意識を根底から変えんと、日本の世襲天国はどもならんと思います」

正之の周りでも、候補者の人物政策よりは、〈先代への義理〉〈地域の有力者に睨まれたくない〉〈職場が応援しているから〉〈農協に頼まれた〉といった愚《ぐ》にもつかぬ理由で世襲議員に投票するケースが呆れるほど多い。無能で実行力も胆力《たんりょく》も向上心もない、苦労知らずの世襲ぼんくらを、地元民が神輿《みこし》に乗せ、せっせと国会へ送り込んでいるのである。

じゃあ古賀さん、と八田は憤然とした口調で言う。

「日本は民度が低いから政治家のレベルも低いってわけかい」

「そこまでは言うちょらんが――」

首をひねり、

「まあ、同じようなもんかの」

ぎりっと歯が軋む音がした。桜色に染まった八田のほおが隆起する。

「悔しいが、否定できないな」

荒い息を吐く。

「総選挙の投票率は昭和の時代、七十パーセント超えが普通だった。ところがいまは五十パーセント台だ。国政に興味を持たない国民は増える一方だ。これじゃあ国家の土台が脆弱化《ぜいじゃくか》するのも当然だわな」

ワゴンは高速道路が何本も重なって弧《こ》を描く、ヤマタノオロチのような西新宿ジャンクションを抜ける。途端に渋滞が希薄《きはく》になる。ワゴンは高層ビル街を左手に、都心に向かって速度を上げる。ＢＭＷもぴたりと尾いてくる。

「残念ながら現総理も世襲ぼんくらだ」

八田の声が、表情が、濃い怒りを帯びる。

「ど素人のバカ息子を総理秘書官に抜擢。醜聞《しゅうぶん》続きで大恥をかいた上、内閣改造じゃあ、各大臣を支える五十四名の副大臣、政務官全員に、地味なおっさんをずらっと並べ、冴えない男子校の陰気な同窓会集合写真、と揶揄される始末だ。ジェンダーフリーが世界の趨勢《すうせい》なのに、いったいなに考えてんだ。おれが総理なら半分は女性議員を充《あ》てる。女性の方がずっと意識が高く、優秀で勉強熱心だからな」

たしかに、と正之は言葉を引き取る。

「浅野京子さんも優秀ですな」

八田が冷たい、触れれば切れそうな目を向ける。正之は受け止め、

「毒饅頭をパクリと食った八田さんが私設秘書として取り込んだのもよう判りもす。

毒を食らわば皿まで――」

右のひとさし指を立てる。

「もう一個――」

八田の視線が怖くなる。正之は目尻にシワを刻み、穏やかに告げる。

「毒饅頭を食わせてもらいたか」

「だれに」

「幹事長代行に」

むっ、と息を切る音。八田は肉厚の顔に朱を注ぎ、嚙みつくように問う。

「どこのどいつの意思だ？」

正之は事務的口調で答える。

「本人および警察組織」

唇をへの字に結んで黙りこむ八田。困惑と疑念。無理もない。幹事長代行の千川《せんかわ》

泰平《たいへい》、五十五歳は東大法学部卒の元警察官僚で、四十歳で岳父（外務大臣、通産大臣を歴任した大物政治家）の地盤を継ぎ、衆議院議員になった、まぎれもなき世襲議員である。元官僚らしく、大した実績もない代わりに冒険も大きな失敗もせず、付いた渾名《あだな》が〝なんも千川（せんかわ）〟。世襲の神輿に乗り、堅実に出世してきたが一年前、念願の入閣目前で後ろ盾の岳父が亡くなり、前途に暗雲が垂れ込め始めた——。正之は岸本浩から得た警察組織の思惑を反芻《はんすう》して伝える。

「千川さんは日本警察の希望の星、らしかです」

ほう、と八田は顔を斜めにして問う。

「総理でも狙っているのかい？」

正之は舌に浮いた苦いものを噛み締めて告げる。

「初代の伊藤博文《いとうひろぶみ》以来、初の警察官僚出身総理実現が警察の悲願だと」

くっと笑みを漏らし、八田は言う。

「私大二部卒のたたき上げ総理の方がずっと国民にアピールすると思うけどね」

ほんに（本当に）、と同意しそうになり、寸前で呑み込む。

「おれと千川の関係は知ってるだろ」

はい、と言葉を引き取る。

「千川さんの岳父と、八田さんの師匠筋の自由国民党幹部が犬猿《けんえん》の仲だと聞いております」

「そうなんだよ」

八田はいまいまし気に太い眉をひそめ、

「互いの立ち位置が対極だから、接点はゼロだ。そもそも苦労知らずのエリートで世襲の千川の存在なんぞ、正直、気にかけたこともないいんだが」

つまり、眼中になかった、と。

「華麗なる閨閥《けいばつ》を誇る元警察官僚の千川が、ド庶民たたき上げのおれにすり寄ってきたのか。内心、はらわたが煮えくり返ってるんだろうな」

「五十五歳という年齢もあり、ここらで馬力をかけたかとこでしょう。人生にチャンスはそうそうありもはん」

「その推進力が地平教かい。ままならぬ現状の打破を目論《もくろ》むなら、まあ、間違ってはいないが、あの千川が総理ねえ」

分不相応、器じゃないだろう、と言わんばかり。

「警察組織もひとを見る目がないな。日本の治安、大丈夫か？　なんも千川が本気で総理を目指すだと？　なら、おれのライバルってことか？　アホか、寝言は寝て言いやがれってんだ。なあ」

ひとしきり肩を揺らして愉快げに嗤った後、あごに軽く手を当て、黙考《もっこう》。ワゴンは巨木に覆われた明治神宮と新宿御苑《ぎょえん》の際《きわ》を走る。右前方には赤坂《あかさか》御所の深い森。こうやって、一段高い首都高速から眺めると、都心の緑の多さに驚かされる。

「つまりこういうことかい？」

唐突に八田が問う。

「古賀さんが浅野京子の娘、弥生を教団から引き離そうと奮闘しているうちに、警察組織の悲願とやらが浮上してきたと」

正之はいま一度、頭を整理して振り返る。光次郎の突然の電話、おっとり刀で霧島から上京、独断で半グレ事務所への突入、光次郎の口から明かされた地平教の存在、翌朝組対刑事の内海との面会（内海の背後には、今回の地平教とのトラブルを知った警察組織の思惑）、そして元警察官僚岸本が説く警察組織の悲願——。

「結論から言えば、そうなりもすな。青天の霹靂《へきれき》でありましたが」

ふむ、と八田は軽くあごを上下させ、

「瓢簞《ひょうたん》から駒、ということか。プライドの高い千川と国家の番人たる警察組織が、たたき上げ、ド庶民のおれに膝を屈するというんだから、背に腹は替えられねえんだろう。元警察官の古賀さんにとっても大切な仕事になりそうだな」

いや、それはなか、と言下に否定。ん？　と怪訝そうに首をかしげる八田。

「わたしの悲願は浅野母娘の引き離しに尽きます。これはおまけのようなものでごわす」

おまけねえ、と苦笑いを浮かべ、八田は言う。

「古賀さん、元警察官僚の千川が毒饅頭を食えば、政界に大激震が起こる可能性があるんだぞ。死んじまった千川の岳父を慕う連中がこぞって反旗《はんき》を翻《ひるがえ》し、千川が所属する大派閥の分裂騒動に発展、とかさ。その重要性が判っているのかな？」

「政界の動きなど、霧島の隠居おんじょにとっては雲の上の出来事。どうでもよかです。それより」

頭を下げる。

「弥生さんのこつ、どうかよろしゅうお願いしもす」

「でもな、古賀さん」

はっきりさせておこう、とばかりに八田は念押しする。

「これは浅野弥生の件とセットと考えていいんだろ。つまり、おれが千川への毒饅頭の提供を断ると、京子の鬼畜の所業《しょぎょう》を音声付きでオープンにすると」

表情が怖い陰を帯びる。

「これ、れっきとした脅迫だよな」

「政界に付き物の取り引き、ち考えております」

詭弁《きべん》にも等しい弁解を口にしながら、卑しい存在に堕した己への嫌悪がいや増す。

八田は意味深な笑みを浮かべ、

「で、古賀さんの見返りはなによ」

はあ？　だから、と背を丸め、上気した肉厚の顔を近づける。

「たしか長男が警視庁にいたよな。その出世が保証されるのかい？」

そこまでみくびられたか。全身を炙《あぶ》る怒りと屈辱で言葉が出ない。

図星《ずぼし》と見たのか、八田は尻をねじって身を乗り出す。

「浪々の身の上である古賀さんの再就職先の斡旋《あっせん》もあるのかな？　個室、クルマ、秘書の三点セット付きの大手損保顧問とかさ」

かあっ、と頭にたぎった血が昇る。目が眩《くら》む。大きく息を吸い、ないもあいもはんっ（なにもありません）、と大声で否定。車内の空気がビリッと震える。腹立ちまぎれに己の膝を掌で思いっきり叩き、

「恩義のある警察官がわっぜ気張っちょるから（とても頑張っているから）、手助けしたまでよ。それ以上はなんもあいもはんっ」

脳裏に浮かぶ、エレベータから追い出されて泣きそうな面の内海。

「その警察官がおらんかったら（いなかったら）スルーじゃ、スルーッ、元鹿児島県警のおいがよりによって与党幹部にこげなバカな依頼、すいもんか（するもんか）」

八田は、この男大丈夫か、とばかりに無遠慮に見つめた後、シートに身体をあずけ、虚空を睨む。

ワゴンは地下トンネルから霞《かすみ》が関《せき》のインターチェンジを通過し、日本国の中枢《ちゅうすう》である永田町に入る。広々とした国道と、政府機関の厳《いか》めしい巨大ビル群。警視庁の遊撃車やパトカーが数多警戒する中、ワゴンは威風堂々たる国会議事堂を右手に、

上下六車線の滑走路のような道路を走る。八田は微動だにしない。

おそらく、優秀な政治脳がフル回転で稼働しているのだろう。元警察官僚で世襲、しかも、警察組織をバックに本気で総理を狙うという勘違い野郎。野心とプライドだけは一流の、虫の好かない凡庸《ぼんよう》な政治家だが、毒饅頭を食わせれば警察組織を味方に取り込むことになる。ならば、自身の地平教の守護神としての立場はより盤石である。

この先、地平教が勢力を伸ばすにつれ多発するであろう霊感商法トラブルが原因で、解散命令が取り沙汰される事態となっても、警察組織が味方なら心強い。宗教法人法の解散命令が所轄省庁（文科省）や利害関係人によって請求され、裁判所が解散を認めた場合、教団は宗教法人の資格を失い、税制上の優遇措置も剝奪《はくだつ》されてしまう。存亡にかかわる由々しき事態である。が、国家の守護神たる警察組織がバックにつけば、逃げ切れる可能性は十分にある。

結論が出たらしい。八田の目元にじんわりと笑みが浮かぶ。エンジン音が高くなる。ワゴンは背の高いビルに囲まれたなだらかな坂を上る。助手席のスキンヘッドがスマホを耳に当て、なにやらやり取りしている。勉強会会場のホテルまでもうじきだろう。

「八田さん、無理をなさらんことです」

ん？　と鋭い目を向けてくる。正之は言葉をかけずにはいられなかった。

「地平教との関係が深まるほど、後々が大変になりもす」

八田のほおがぴくつく。

「教団内で国家対策チーフの肩書をもつ浅野京子は、本気で国を変える気です。しかし、複雑な力関係が絡まり合って成り立つ政治のシビアな現実を踏まえれば、八田さんへの期待が憎悪《ぞうお》に変わる可能性もゼロではありもはん」

田舎者になにが判る、と笑い飛ばされることを覚悟した。が、八田は目を逸らして黙りこむ。その横顔に微《かす》かな憔悴《しょうすい》と苦悩の色が見えたのは気のせいか。

壮麗な高層ビルが接近する。ホテルだ。正面玄関前のアプローチに高級スーツの男たちが十人余り。みな緊張の面持ちだ。接近するワゴンに、揃って熱っぽい視線を注ぐ。もう、二度と会うことはないだろう。ならばもうひと言。

「ブラックスーツの方々はＳＰでごわすか？」

なに？　と八田は剣呑《けんのん》な目を投げてくる。

「立川の街頭演説の場におった、体格のよか男《おとこ》ん衆《し》です。身体を張って八田さんを守っとるように見えもしたが」

八田は苦虫を嚙み潰した面になり、

「SPの警護対象は総理、閣僚以下、党三役までだよ。つまり、幹事長、総務会長、政務調査会長までだ」

「党四役ともいいますが」

つまんねえことを訊くな、とばかりに肉厚の顔を思いっきりしかめ、叩きつけるように言う。

「選対委員長が党四役に格上げになったのは数年前、選挙対策強化のためだ。本来は党三役なのっ」

なるほど。八田はこれが結論、とばかりに語気を強め、

「だから、おれをガードする男連中は秘書と教団のボランティアだ」

ならば得心《とくしん》がいく。古賀さん、見てろよ、と八田はこめかみに青筋を立て、口角を上げていきり立つ。

「すぐにSPが付く身分になってやるから」

いや、そういうことではなくて。ワゴンが速度を落とす。ホテルの重厚な玄関が、揉み手の茶坊主どもが迫る。

「八田さん、手短に申し上げます」

十秒余りで告げ終わると同時に、ワゴンが停車。八田はむっつりと押し黙ったまま だ。スライドドアが開く。どっと熱気が押し寄せる。我先に、と高級スーツの男たちが首を突っ込み、気色《きしょく》の悪い笑みを浮かべ、「選対委員長、お疲れさまです」「お待ちしておりました」「八田先生がいないとなにも始まりません」と、先を争って叫ぶ。幾つもの野太い声が車内に反響し、耳がワンワンする。

ごくろうさん、と八田は鷹揚《おうよう》に返し、ワゴンを出て行く。正之には一瞥もくれない。まるで空気のごとし。わっ、と男たちが取り囲み、後続のBMWから飛び出したスタッフたちも駆け寄り、八田を中心に移動。ずらりと並んだホテルマンたちの最敬礼に迎えられ、熱を帯びた、権力の権化《ごんげ》のような集団がホテル内に消える。

正之が呆然としていると、すみません、と慇懃《いんぎん》な声がかかる。助手席のスキンヘッドだ。いつの間にか間仕切りは下りていた。

「そろそろよろしいですか」

あごをしゃくる。出て行け、ということだ。正之は礼を述べ、外へ。ドアが閉まり、ワゴンは発進。ＢＭＷが続く。

正之は背伸びし、排ガス臭い朝の冷気を吸い込む。高層ビルの間にのぞく小さな青灰色の空がやけに目に沁みる。生あくびを嚙み殺し、鉄板を巻き付けたような重い足を進める。瞼《まぶた》に浮かぶ霧島連山。離れてまだ三日目。しかし、無性《むしよう》に懐かしい。

第十二章　狙　撃

ガラケーの呼び出し音で目が覚める。『田町グランドホテル』の客室。時計を見る。午前十時半。正之は仮眠中のベッドから手を伸ばし、サイドテーブルのガラケーをつかみ取る。送信者は内海敏明。耳に当てる。ありがとうございます、と弾んだ声が響く。

「古賀さん、八田先生が了承されたようです」

八田の仲介で近々、幹事長代行の千川泰平と地平教の幹部の顔合わせが実現するという。

「これ、警察内部でも限られた人間しか知らない極秘事項ですが、古賀さんには一刻も早くお知らせしようと思いまして。本当に感謝しております」

それはよかった、と素っ気なく応じ、おいはたいしたことをしとらんから気にせんでよか、と半ば強引に通話を切り、再びベッドに突っ伏して仮眠。慣れぬ東京で緊張の連続。まして今朝は八田の辻立ちに間に合うよう、四時半起きである。一気に疲れが出たようだ。この分だと何時間でも寝いがなっど（寝られるぞ）。泥のような睡眠の底へと引きずり込まれる。

再びガラケーに着信。正午少し前。寝ぼけ眼《まなこ》をこする。画面に滝川光次郎の名前。

「おやっさん、まだ東京？」

前振りなく問われ、焦る。今日、帰鹿する旨、伝えながら、テレビを点《つ》ける。正午のニュース。世の中でなにが起こっているのか、とんとご無沙汰だ。ガラケーの向こうから光次郎が明るく言う。

「よかった。直接会って言っておきたいことがあってさ」

直接会って？

「その前に伝えとく」

一転、声を低める。

「弥生が追い出された」

なにぃ。ガラケーを握り締める。

「京子が一方的に絶縁したらしい。立川の教団本部から泣いてやってきた」

「おまえのアパートにか？」

突然だからびっくりした、と光次郎は屈託なく答え、

「さすがにおれんとこは狭いから、ビジネスホテルに部屋とって休ませたとこ。いま、外からなんだ」

そうか。

「で、おやっさん」

一転、声のトーンが下がる。

「あんた、なにやった？」

なんと答えるべきか。

「あのイッちゃってる母親が、急に娘を放り出したんだ。相当なこと、やったよね」

言い逃れはできそうもない。腹をくくる。

「ちょうどよかった」

努めて明るく言う。

「おいもおまえに会って、伝えたいことがあったとよ」

重い沈黙が流れる。ん？　鼓膜が異音を拾う。テレビだ。緊急速報です、と緊迫した声が飛ぶ。目をやる。

「いま、入ったばかりのニュースです」

男性アナウンサーがこわばった表情で原稿を読む。

「本日、十一時二十分、新橋駅前で――」

新橋駅前？　嫌な予感がする。その時間はたしか、あの男が。

「街頭演説中の衆議院議員、八田俊成氏が拳銃のようなもので撃たれ、病院へ運ばれた模様。犯人はその場で身柄を拘束されましたが、八田氏の負傷は生命にかかわるものなのか、いまのところ判っていません。繰り返します。本日十一時二十分
――」

光次郎っ、とガラケーに叫ぶ。

「八田俊成が撃たれた。得物《えもの》は拳銃らしか」

ええっ、と素《す》っ頓狂《とんきょう》な声が鼓膜を叩く。

「いま、ニュース速報をやっとる。切るぞ」

通話を切り、テレビを消す。靴を履き、スーツの上衣とコートに袖を通し、ソフト帽をかぶり、ドアを開け、外へ。が、行先が判らない。どこの病院だ？　半ばパニック状態のまま、部屋に戻り、テレビを点ける。画面に新橋駅前の現場が。野次馬の群れが右往左往する中、警察車両が幾台も止まり、サイレンの音が複数鳴り、女性レポーターがマイク片手に眉間にシワを寄せ、なにやらまくしたてる。どこだ？　八田が運ばれた病院は？　死んだのか？

懐のガラケーが鳴る。こんなときにだれだ？　抜き出し、発信者を見る。画面には未知の携帯番号。通話ボタンを押し、耳に当てる。

「古賀さん、ですか」

どこかで聞いた男性の声。それもつい最近だ。年齢は三十代半ばか。だいじゃったか（誰だったか）。テンパった脳みそでは判らない。

「どちらさんですか」

「わたしは八田俊成の秘書でして、山下《やました》と申します」

瞬時に頭が沸騰した。山下なる男は冷静に語る。

「先ほどワゴンの助手席におりました」

スキンヘッドの禅僧のような男。正之はガラケーを握り締めて問いかける。

「八田さんはどげな具合ですか」

息を詰めて返事を待つ。ん？　おれは元気だよ、と明るい声が飛ぶ。山下の背後から？　これは、いやまさか――山下が言う。

「いま、病室でして。代議士に変わります」

なんだとお？　思考が追い付かない。

「古賀さん、心配かけたな」

間違いない。八田だ。無事だったか。よかった。全身のこわばりが解け、足がよろめく。壁に片手をつき、崩れ落ちそうな短軀を支える。目頭が熱くなる。が、与党選対委員長は、元鹿児島県警刑事の感傷など知ったことか、とばかりに早口で指示を飛ばす。

「すぐこっちに来てくれ。場所は――」

渋谷区広尾《ひろお》の総合病院名を告げ、

「山下が玄関で待ってるから」

それだけ言うと、返事も待たずに切れる。なんと強引な。おいはあんたの友達でも部下でもなかど。カッカしながら部屋を飛び出す。

総合病院の前にはテレビ局の中継車やタクシー、黒のハイヤーがひしめいていた。記者やレポーターは三十人、いや五十人はいるだろう。テレビカメラを前に、生中継も始まっている。

警察官が隊列を組み、マスコミや野次馬を押しとどめる。大変な騒ぎだ。国会の名物男にして自由国民党選対委員長、八田俊成の知名度を改めて思い知る。

「病院利用の方以外は入れませーん」と若い警察官が拡声器で叫ぶ。診察券や身分証のチェックも行われている。どこから入るべきか、迷っていると、こがさーん、と大声が。スキンヘッドにブラックスーツの大男が玄関から駆けてくる。山下だ。

恐縮です。さ、こちらへどうぞ、と丁寧に誘導。ワゴンの中とはうって変わって殊勝《しゆしよう》な態度だ。正之は、筋骨隆々《きんこつりゆうりゆう》のアスリートのような山下に抱えられるようにして移動。警官隊の隊列を潜り、玄関横の通路を歩き、職員用のエレベータで最上階の十二階へ。

二人きりの空間で、古賀さん、と山下が頭を下げる。

「代議士の生命を救っていただき、心から感謝しております」

「いや、そげんたいそうなこつはしとらんよ」

山下はピンクに染まったスキンヘッドを下げたまま、声を殺して泣く。

「山下さんは地平教の信者かいね」

いいえ、と太い首を振る。

「自分は畏れ多くも代議士に熱心に誘われ、総合商社社員から転身した新米秘書でありますす」

そうか。よほど心酔《しんすい》しているのだろう。

「八田先生は日本の宝であります」

エレベータの扉が開き、ロビーへ。

目付きの鋭いスーツ姿の男性が数名。雰囲気で判る。刑事だ。他に、緊張感を漲《みなぎ》らせた制服警官が廊下にずらりと等間隔で立つ。厳戒態勢だ。左右に病室。各部屋のドアとドアの間が異様に広い。上級国民向けの特別室のフロアだろう。

たおやかな環境音楽が流れる廊下を歩く。右側三番目のドアを山下が開ける。

おう、と朗らかな声。八田だ。電動ベッドの背を立て、大型テレビに見入っている。

二十畳はありそうな広々とした部屋には、大型冷蔵庫付きのキッチンにバス・トイレが備わり、奥には接客用のソファセットも置かれている。ガラス窓はすべてライトグリーンのブラインドを下ろして外部からの目を遮断。マスコミの撮影を防ぐためだろう。

「古賀さん、こっち、座って」

ベッド脇の木製の丸椅子を示す。

「山下、ごくろう」

山下は丁寧に腰を折り、外へ。ドアが閉まる。正之は椅子に腰を下ろしながら、改めて八田を観察。水色のガウンタイプの病衣と、右ほおを覆う大判の肌色の絆創《ばんそう》膏《こう》。点滴スタンドから下がる管が左前腕に留められている。

「どうだい、元気だろ」

暴漢の襲撃を受けたとは思えない、穏やかで力みのない口調だ。

「銃弾がほおをかすっただけだ。本当なら入院なんぞ必要ないいんだが」

意味深な笑みを浮かべ、

「多忙を極める与党選対委員長が、あと五日間は入院だ。なぜだか判るかい？」

正之は躊躇なく答える。

「犯人が八田さんに深い恨みを持つ人間だから、ですな」

それで、と先をうながす。

「地平教がらみ、としか考えられません。莫大なお布施、霊感商法で深刻な被害を被った者が蛮行《ばんこう》に打って出たとじゃなかですか」

ぴゅう、と口笛を吹き、そのとおり、さすが元刑事、と軽く拍手。

「発砲犯の身柄を拘束した警察の極秘情報なんだけど、霊感商法で家族が崩壊した三十代の男らしい。母親が熱心な信者で、現金財産をすべて教団に献上し、一家離散。犯人は希望した進学もままならず、仕事も上手くいかず、結局、八つ当たりでおれを狙ったんだと」

「そういう事情ならば、八つ当たりは相応《ふさわ》しくないかと。宗教二世の苦労は、浅野弥生さんの件でも充分、ご承知のはず」

八田は、ふん、と鼻を鳴らし、横を向く。正之はさらに言う。

「マスコミに犯人の犯行動機と背景が明らかになると、取材攻勢ももの凄かでしょうな。情勢を見極め、善後策を講じるためにも入院の延長は得策かち思います」

返事なし。

「お礼が遅れました」

正之は背筋を伸ばし、両手を腿に置き、

「浅野弥生さんと千川泰平代議士の件ではご尽力《じんりょく》、ありがとうございます」

頭を深く下げる。

「おかげさまで双方とも上手くいっとると、連絡が入りました」

おおっとお、と大声が上がる。なに？　八田がベッドから身を乗り出す。

「古賀さん、ここだ、ここ。よく見てみな」

興奮の面持ちでテレビを指さす。発砲時の映像だ。

新橋駅前の広場で、後輩議員を横に、演説を行う八田。張りのある大声がビンビン響く。十重二十重《とえはたえ》に囲む聴衆から拍手と歓声が飛ぶ。と、八田の背後からするすると人影が迫る。中肉中背の、ジーパンにだぼっとした銀色のジャンパーを着込んだ、角刈り頭の男だ。右手をジャンパーのポケットに突っ込んだまま二歩、三歩と八田に近づき、おもむろに拳銃を抜く。瞬間、黒い影が二つ、矢のように疾《はし》り、角刈り男にタックル。パーン、とタイヤがパンクしたような銃声が轟き、角刈り男はアスファルトに叩きつけられる。ブラックスーツの二人が抑え込む。八田もその場に突き倒され、そこへ三人、四人、と男たちが盾《たて》になるべく覆い被《かぶ》さる。怒号と悲鳴が上がり、騒然とする。警察、救急車、はやくしろーっ、とだれかが叫び、映像が途切れる。画面はスタジオの女性アナウンサーに切り替わる。

「危機一髪だったな」

八田はふーっと息を吐き、ベッドにもたれる。

「異変を察知し、振り向いたおれのほおを熱い銃弾がかすっていったよ」

両手を組み合わせて冷静に語る。

「古賀さん、あんたのおかげだ」

正之を見る。目が潤む。

「的確なアドバイスをしてくれたから」

ワゴンがホテルに到着する寸前、正之はこう告げた。

——街頭演説の場でボディーガードの面々が八田さんにチラチラと視線を向けと

ります。敬愛故《ゆえ》だと思うが、あれでは警護失格。常に八田さんに背を向け、神経を張って聴衆を視界に納めておらんと、いざというとき不覚を取りもす――。

一瞬の判断の遅れが命取りになる警護の世界では至極《しごく》当然のこと。特別なことを伝えたつもりはない。八田が言う。

「〇・五秒、いや〇・一秒、狙撃犯へのタックルが遅れていたら、おれは顔面を撃ち抜かれていた」

発砲の瞬間の恐怖が甦ったのか、組み合わせた両手が震える。あの豪胆《ごうたん》で怖いもの知らずの与党幹部が――正之は、見てはいけないものを見た気がして視線を逸らす。

「古賀さん、こっちを見てくれよ」

正之は渋々目を向ける。八田がすがるような顔で右手を伸ばしていた。肘から先がぶるぶる震えている。握手を求めているのだろう。

「本当にありがとう」

涙声だった。

「おれは生きている」

絶大な権力を持つ与党選対委員長が、人払いをした病室で直に感謝の言葉を——正之は感極まり、震える手を包み込むようにして握り返す。ん？　力が込められる。がっちりとつかんでくる。なんだ？　引き抜こうとしたが、逆に物凄い力で引き寄せられる。肉厚の不敵な面が迫る。古賀さん、と石を擦り合わせたようなしゃがれ声が這う。

「おれが礼を言うためだけに、厳戒態勢の病室に呼んだと思っているのか？」

なんだ、どういうことだ？

「あんたの言う通りだ。おれは無理をしてきた。地平教の毒饅頭を存分に食らい、求められるまま政界に配り、守護神、代理人に祭り上げられた。が、人類救済を標榜《ひょうぼう》するカルトの要望に応え続けることなど不可能だ」

呪いの言葉を吐くように語る。

「この先、浅野京子の期待が憎悪に変化するのも時間の問題だ。寝たきりで意思の疎通不可能なクロテツの現状も、いつまでも隠し通せるものではない。カタストロフは着実に迫っている。が、どっぷり浸かった守護神のおれは逃げられない。その一方で、選挙に勝ち続け、もっと上も目指したい。このジレンマでおれは苦悩の極致にあった」

語りながら、手をぎりりと絞り上げる。骨が軋む。正之は奥歯を噛み、激痛に耐える。

「そこへ今回の発砲事件だ。おれはいもしない神に、幸運を感謝したよ」

幸運、だと？

「マスコミは犯人の素性を洗い、教団は猛烈なバッシングを受けるだろう。守護神のおれも当然攻撃の対象になるが、撃ち殺されそうになった被害者でもある。〈犯人に恨みはまったく無い、教団の姿勢に問題があった〉と殊勝な声明を出せば、攻撃の矛先《ほこさき》は鈍るわな。国民の支持も得られるだろう」

細い目に冷笑を浮かべ、

「その分、政界にゴマンといる毒饅頭中毒の連中は大変だ。日夜、追い回されるだろうぜ」

ざまあみろ、と言わんばかり。

「なあ、古賀さん、このチャンスを逃す手はない」

肉厚の顔が赤らむ。声が太くなる。

「一緒にてっぺんまで駆け上がろうぜ」

はあ？　この男、なにを言っている？　顔色で察したのだろう。八田はさらに手を引き寄せ、囁く。

「だから、おれの秘書にならないか、ってことだ」

一瞬、頭が真っ白になる。〝はったりの八田〟はここぞとばかりに言い募る。

「今回の騒動で浅野京子は早晩、私設秘書を退《しりぞ》くことになる。その後釜《あとがま》に古賀さん、あんたが座ってくれ。宿舎は赤坂でも六本木でも好きな街に用意する。年収は九百万でどうだ。公設秘書と同等だぞ。交際費も青天井だ。いい条件だろう。鹿児島県警の再就職より数段、上等だろうが」

これで断ったらバカだ、と言わんばかり。

「おれはあんたに全幅の信頼を置いている。これは運命の出会いだ。天の配剤だ。金庫のカギも、政治団体の帳簿も渡す。六十四歳？　それがどうした。霧島山麓の寂しい僻地《へきち》に一人で住んで、土かっぽじって、晴耕雨読でございい、と悦に入っている場合かよ。人生百年時代だぜ。国会のゾンビみてえな老害どもを見てみろ。九十近くなっても子分を引き連れ、黒幕、フィクサー、キングメーカーと奉られ、赤絨毯のど真ん中をふんぞり返って偉そうに歩いてやがんだぞ」

顔を真っ赤にしてまくしたてる。

「古賀さん、このまま山ん中で朽ち果てていくのは非常にもったいない。脂《あぶら》の乗った第二の人生を花のお江戸で送りなよ。海外出張にも同行させる。ワシントンやパリ、ロンドンで各国要人と会談だ」

いや、当方、まだグアムも行ったことのなか海外旅行未経験者で、いきなりワシントンで要人と会談とは無茶にもほどが——。

〝はったりの八田〟は力強く語る。

「霧島にはヨボヨボのじいさまになってから帰ればいい。凱旋《がいせん》帰郷だ。そんときは日本国を立て直し〝歴代最高の総理〟との評価も定まったおれと、剛腕秘書の伝説を欲しいままにしたあんたとでピカピカのゴールドのオープンカーに乗り、県知事と警察本部長を従え、雄大な霧島連山をバックに噴煙を上げる桜島に向かってパレードをやろうぜ」

正之は上ずってしまう声で抗《あらが》う。

「待ってたもんせ。そげな重要な話を急に」

八田はみなまで言わせなかった。眉間に鼻に筋を刻み、マシンガンのごとく吠えまくる。

「なにぐずぐず言ってやがる。薩摩っぽは即断即決が信条だろうが。それにさ、あんたには重大な責任があるんだぞ」

おいに重大な責任？　どういうことじゃ？

「おれは古賀さんのアドバイスで死なずにすんだ。つまり、拾った生命《いのち》だ。言うなれば今日は第二誕生日だ。ならば、新しい八田俊成をこの世に生み出したあんたは、おれの傍らで成長を見守る責任がある」

そんなメチャクチャな。が、これだけ自信をもって言われると、そうかいね、という気もしてくる。いや、違う。おかしか。が、八田は立て板に水で喋り倒す。

「人生は一度きりだ。おれと二人三脚で国家を切り回そうぜ。新生ニッポンを存分に演出しようや。下級武士からのし上がった西郷、大久保みてえによ」

西郷、大久保——このおいが、幕末の志士のごとく、国家を。頭がじんわりと痺《しび》れてくる。

「古賀さん、おれに生命を預けろ。おれはあんたの鋼《はがね》の如き胆力と、忖度ゼロの直言居士《ちよくげんこじ》ぶりに心底惚れてんだ」

〝はったりの八田〟は握った手をぶんぶん振り回す。

「ここで決断しなくてどうすんだ。薩摩の男だろ。将来の総理からこんだけ誘われてんだぞ。男冥利《みようり》に尽きるだろ。普通、二つ返事でオッケーだろ」

そうか。将来の総理から、この霧島の無職のおんじょが見込まれて——。

コン、とノックの音。よろしいですか、と山下の声。

なんだあっ、急ぎかっ、と八田が怒鳴り返す。

「総理があと三分でご到着です」

えっ、と絶句する八田。

「どうしてもお見舞いに伺いたいとのことです」

八田の手がゆるむ。驚きと戸惑い。小心者で知られる総理は毒饅頭の配布先が気になって仕方ないのだろう。が、病室を急襲とは、ただ事ではない。正之は手を引き抜くようにして握手を解き、

「そいは大変じゃ。おいは退散しもそ」

ソフト帽を左手で軽くつかみ上げ、

「どうぞお大事にな」

逃げるように背を向ける。八田の大声が飛ぶ。

「おれはしつこいんだ、絶対あきらめねえからな」

ドアを開け、心配げな山下に、失礼しもした、と一礼。すっかり痺《しび》れた右手を振りながら、警官隊が厳戒態勢をとる、異様な雰囲気の廊下を短い脚で駆ける。


午後二時半。『田町グランドホテル』のロビーで滝川光次郎が待っていた。ソファに浅く腰かけた光次郎は正之に気づくと、見入っていたスマホをテーブルに置き、軽く手を挙げる。

電力の節約なのか、昼下がりのロビーは暗く閑散として、倦怠《けんたい》の空気が流れていた。隅のソファで船を漕ぐ中年サラリーマン風と、モップで床をせっせと磨く、年老いた女性清掃員。フロントでは若手のホテルマンがノートパソコンを睨み、キーボードを一心に叩いている。

「おやっさん、八田のとこか？」

まあな、と向かい合って座る。

「生命に別状はなかど」

へえ、と剣呑な視線を向けてくる。

「負傷の具合、トップシークレットらしく、公表されてないのにな」

「おいは病室で会《お》うてきたでね。間違いなか」

息を呑む光次郎。

「ほんのかすり傷よ。政治家につきものの籠城《ろうじょう》入院はしばらく続くようじゃがな」

やっぱりな、と光次郎がうなずく。

「裏で動いたのは八田か。おやっさん、凄い人脈を持ってるんだな」

「人脈だけじゃ面会が精一杯よ」

光次郎の顔に疑念の色。

「取り引き材料が無かと、どもならん」

どういうことだよ、と呟く。

「おいはおまえに謝らなければいかん」

頭を深く下げる。

「本日早朝、母親に立ちんぼを強要されたこつ、音声データを切り札に、八田との取り引きに使《つこ》うた」

絶句する気配があった。ひと呼吸後、光次郎は冷静な口調で問う。

「弥生を自由にしなきゃばらすと？」

「すまんね」

いいよ、と即答。正之はそっと顔を上げる。一瞬、身を引きそうになった。目の前に、怒りと哀しみをこねた複雑な表情があった。ほおを震わせ、唇をねじまげ、かすれ声を絞る。

「おかげで弥生はおれんとこへきたんだから」

己に言い聞かすような、切ない言葉だった。

「おやっさん、おれは感謝しかないよ。これで心おきなくあいつを幸せにできるんだから」

あいつを幸せにできる――。不覚にも涙が滲む。光次郎、わい（おまえ）は本物の漢《おとこ》じゃ。慶子、そいに比べておいは後悔ばかりのがんたれよ。おまえにもう、おいはなんもしてやれん。け死んでしもたら、なにもかもが終わりじゃ。

目尻を指でそっと拭う。

「おやっさん、おれの番だ」

なに？

「おれが直接、言いたかったこと」

そうか。正之は居住まいをただし、次の言葉を待つ。

「おれが霧島の自宅へ電話したとき、おかしかったでしょ」

なにを言っている？

「おれ、びっくりして声が出なかったんだ」

記憶を手繰《たぐ》る。三日前の夜――固定電話の受話器を耳に当て、古賀、と名乗ると、息を呑む音が聞こえ、硬い沈黙が流れた。特殊詐欺を疑い、だれじゃい、と怒鳴ると、やっと「おやっさん、ですよね」と光次郎の声が聞こえた。振り返れば、たしかにおかしなやりとりだった。電話をかけた当人がひどく戸惑い、動揺していた。

「おれ、先生に電話したんだよ」

先生――元桐生連合若頭補佐　朝倉義勝。光次郎は虚空を見つめ、淡々と、

「『バッドガイ』の事務所へ一人で突っ込んでも、多勢に無勢だ。返り討ちに遭うのは目に見えている。先生なら半グレどもをぶちのめし、弥生を救い出してくれる

と思ったんだ。鉄拳制裁を受けるのを覚悟で電話した。スマホの電話帳から先生の番号を呼び出して」

「いつよ」

「だから、先生のスマホにかけたのに、おやっさん家の固定電話に繋がったんだ」

ばかな。そげなことがあるか。

「番号を間違えたとじゃろ」

ちがうよ、と大きく首を振り、テーブルのスマホをつかんで操作。ほら、と正之の顔の前に突きつける。

「通話履歴。三月十四日、午後九時五分、送信先の名前が記してあるだろ」

目を凝らす。ん？　視界がぐらっと揺れる。たしかに、〈朝倉義勝〉の名前が。

「清水《きよみず》の舞台から飛び降りる覚悟で電話したんだ。間違えるわけがねえ」

スマホを懐に仕舞いながら語る。

「もし、最初から先生に依頼していたら、半グレどもをぶちのめして終わっていた。仮に、おれが地平教に思い至り、二人して立川の本部を訪ねたら、海千山千の浅野京子の掌の上でいいように転がされ、ブチ切れた先生が信者たちを相手に大暴れ、大変なことになっていたかも」

桐生連合を脱退してまだ四年の朝倉は五年ルールに抵触。傷害罪で実刑は免れず、脱退後の頑張りも水の泡。奈落《ならく》の底へ沈んだはず。

「いずれにしても、弥生がおれの元へ戻ってくることはなかった」

否定できない。おやっさん、と光次郎がすがるような目を向けてくる。

「おれは超常現象とかスピリチュアルとか占いとか、まったく信用しねえけど、おやっさんと繋がってからこっちの展開をみたら——」

首をかしげ、

「なんらかの意思が働いたのかもしれねえな」

正之は生唾を呑み込んで問う。

「なんの意思よ」

それはさあ、と口ごもり、意を決したように言葉を継ぐ。

「おっかさんだよ」

慶子が——正之は湧き上がる胴震いを、奥歯を噛んで耐える。そうか。

「腑《ふ》に落ちる話だろ」

光次郎は真顔で断言する。

「天国のおっかさんがおれと弥生を助けてくれたんだよ」

かもしれんな、と正之は努めて穏やかな口調で応じる。

「慶子は心根の優しかおなごじゃった。新しい息子のために、わっぜ気張ったとじゃろ」

だよな、光次郎は深くうなずく。

「おっかさんに見守られていると思うと、なんかいいね」

乾いた笑みを浮かべ、

「おやっさんは半グレに殴られ、おれみたいなド素人と聞き込みまでやって、大変だったけどさ」

よかよか、と手を振る。

「たいしたことじゃなか。そいよっか、はよ弥生さんのとこへ戻ってやれ。待っちょっど」

うん、と光次郎は表情を引き締め、

「弥生を幸せにしなきゃな」

その意気じゃ、と懐から財布をつかみ出し、万札を数枚引き抜く。

「これ、裸銭《はだかぜに》で申し訳なかが、早めの結婚祝いじゃ」

そんな、と両手を挙げ、光次郎は固辞《こじ》する。

「おれの方が今回の経費とか、払わなきゃならないのに」

「親のカネは黙って受け取るもんじゃ」

右手を引き寄せ、強引に握らせる。

「茨《いばら》の道じゃち思うが、はしっときばれ」

五年ルールのクリアに、宗教二世の弥生の社会復帰。トラブルと隣り合わせのスカウト稼業。前途に難問は山と控えている。カネはいくらあっても足らないだろう。

すんません、と光次郎は涙ぐみ、

「ありがたくいただきます」

頭を下げ、ロビーを出て行く。光次郎よ、とその背中に向けて語りかける。おまえの推測は、当たらずといえども遠からず。残念ながら半分、欠けている。慶子、おまえはつくづく厳しかおなごじゃ。おいの勝手は許さんち、そういうことか。

ソファにぐったりと沈み込む。落雷に直撃されたような衝撃が、正之を貫いていた。

どのくらい経ったのだろう。ガラケーが鳴っている。取り出して開く。内海敏明。耳に当てると、せっかくご尽力くださったのに申し訳ありません、と大声が飛んできた。言葉は殊勝だが、半分笑いを含んでいる。こっちまで笑ってしまう。

「さすがに元キャリアは逃げ足が速いです」

八田に発砲した犯人が地平教に恨みを持つ宗教二世と知るや、千川は今回の話はなかったことにしてくれ、と言ってきたという。

「〝なんも千川〟がウソのような素早さです」

つまり、今回のお膳立てに尽力した内海の功績もパーということか。

「なんにせよ、内海さんは残念じゃったね」

それがそうでもないんですよ、と弾んだ声で言う。

「まだオープンにはなっていませんが、政界で地平教の毒饅頭を食った連中、予想よりずっと多くて、総理以下、大慌てらしいですよ。パンドラの箱がぱっくり開いたわけです」

「総理も日頃の鈍重《どんじゅう》さがウソのようにフットワークが軽かね」

はい？　と怪訝そうな声。

「いや、こっちの話じゃ。どうぞ続けてたもんせ」

じゃあまあ、と内海は仕切り直して語る。

「与党の幹部クラスにも毒饅頭食らいがいるようで、あろうことか幹事長もヤバそうなんですよ」

なんと。内海の話によれば、幹事長本人が地平教の集会へ出席し、檀上で教祖クロテツを褒め千切《ちぎ》る映像がすでにSNS上で出回り始めているらしい。

「幹事長が辞任となれば、幹事長代行の千川が持ち上がる可能性が大とか」

実力者ほど地平教との関係が囁かれる中、確たる功績もない代わりにスキャンダルとも無縁の〝なんも千川〟が、皮肉にも有力候補として浮上したのだという。結果オーライ、棚からぼたもちということか。内海は嬉々として語る。

「党のカネと人事、選挙の公認権を一手に握る幹事長は、総理に次ぐナンバー2です。これで史上初の警察官僚出身総理誕生も一気に現実的になってきた、と警察の幹部連中、欣喜雀躍《きんきじゃくやく》ですよ」

「人生、なにがあるか判らんの」

「まったく」

ガラケーの向こう、ふう、と疲れた息を吐き、内海は問う。

「古賀さん、鹿児島へのお帰りはいつです」

正之は腕時計を見る。午後三時四十分。まだ飛行機はいくらでもある。

「今日、帰ろうち思うとる。世話になったね」

本来なら、と恐縮して内海は言う。

「晩飯でも食ってお見送りしたいとこですが、何分バタバタしてましてて」

気を遣わんでよか、と正之は鷹揚に返す。

「内海さん、きばって出世しやんせ」

ども、と本庁組対刑事は短く答え、暇《いとま》を告げる。通話が切れる。

第十三章　遺　書

ホテルのチェックアウトを終えたのが午後四時。正之はボストンバッグ片手に、重い身体を引きずるようにして歩き、ＪＲ田町駅から内回りの山手線に乗り、ひとつ目の駅、浜松町で降りる。ホームの雑踏を縫い、階段を下り、モノレール乗り場へ向かう。

なんじゃ？　足が止まる。通路前方、赤い小型のキャリーケースを傍らに置いた若い女性。東京の地理に不案内なのか、スマホ片手に目をキョロキョロやっている。萌黄《もえぎ》色のコートに、デニムのパンツ、肩から斜め掛けのポーチ。小柄で少し太め。福々しい丸顔に、髪は眉の上で切り揃えたおかっぱ。

正之は目を凝らす。間違いない。思わず、ないごてか（どうしてなんだ）、と声が出た。

目が合う。丸顔に驚愕の色が広がり、口が、ああっ、と動く。正之は銅像のように固まる。

おとうさんっ、と叫び、キャリーケースをごろごろ引いて駆けてくる。涼子、二十七歳。鹿児島市の総合病院で看護師として働く、勝気でしっかり者の娘だ。

すんません、とおっせったもんせ（とおしてください）と必死の形相で距離を詰めてくる。逃がさない、と言わんばかり。

つかめたっ（つかまえた）、と右手首を握り締めてくる。眉を吊り上げ、切迫した表情で言う。

「もう逃がさん」

通路を行き交う人々が、なにごとか、と目を向けてくる。好奇の視線に胡散臭げな視線。

「涼子、やめんか」

小声で言う。

「痴漢をつかめたおなごのごたるぞ（女のようだぞ）」

涼子は睨み、逃げんねと念押しして手を離す。正之は興奮して怒りが収まらない娘を壁際に誘いながら、罪悪感に打ちのめされそうだった。

「すまんね」

涼子の怒りの原因は、信じていた父親の嘘だろう。家を出る前に電話で告げたでまかせ。県警の先輩が博多で療養生活を送っている、もう長くないようだから最後の別れをしてくる、二〜三日で帰れると思う——。

看護師ゆえ、生命を軽々しく扱ったことを怒っているのだろう。が、なぜ東京にいると判った？　しかも、こうやって出会うとは。羽田に到着した娘と、羽田に向かう父親。偶然か？　いや、涼子は立ち止まり、なにかを探していた。正之はあの、全身を貫いた、落雷のごとき衝撃に戦慄《せんりつ》しながら問う。

「慶子が導いたとか？」

なに、と涼子は小首をかしげる。

「じゃから、慶子が夢枕に立ち、ここへ行け、ち言うたのか？」

おとうさん、と瞳が潤む。

「相当、心が弱っちょるねえ」

眉をひそめ、心配げに言う。

「幽霊とか霊能力とか占いとか、いつもバカにしちょったのに」

そうだ。幼い武と涼子がテレビの怪談話に、こわかー、と震えていると、こう笑い飛ばしてやった。

「幽霊なんぞいっちょん（まったく）怖かなか、この世でいっばん（一番）怖かのは人間よ、よう覚えちょけ」

霊視などの霊能力については、

「そげなもんがあったら警察はいらん、インチキに騙《だま》さるっな」

世の警察官ならほぼ全員が首肯《しゅこう》する台詞だと思う。

「ガラケーを設定したがね（したでしょう）」

なに？　だから、と涼子は説明する。

「おとうさんも一人暮らしになったし、事故とかあったら困るからＧＰＳ機能を使い、現在地を検索できるよう、あたしが設定したでしょ」

じゃったかね、と首をかしげる。涼子はスマホを掲げ、

「こいがなきゃ、広か東京でピンポイントでおとうさんと会えるわけがなかど」

そうかも。しかし、なぜわざわざ東京まで？　その疑問に答えるように、丸顔が

怖くなる。

「おとうさん、あたしはもっそな（とても）はらけおっと（腹が立っているの）」

いやな予感がした。涼子はポーチに手を突っ込み、なにかを抜き出す。ん？　丸めた紙屑《かみくず》だ。涼子は親の仇のように睨んで開く。

「こげなもんを書いて」

紙屑に見えたのはシワだらけの便箋。ぐわんっ、と脳天をハンマーでぶん殴られたような衝撃があった。ちょっしもた、と声が出そうになる。涼子は便箋を開いて正之の鼻先に突きつける。万事休す。おいとしたことが、なんちゅう迂闊《うかつ》なことを——。万年筆の青いインク文字が迫る。涼子も迫る。

「今日、休みやったで霧島の家に戻って掃除をしおったと。おとうさんが帰ってきたときに気持ち良かように」

正之は肩をすぼめ、すまんかったね、とか細い声で応える。涼子は憤懣《ふんまん》やるかたない表情で語る。

「ゴミ箱から出てきたと」

開いた便箋を激しく振る。

「ないごてな（どうしてなの）」

答える代わりに、正之はがっくりと項垂《うなだ》れる。歩道を乱打する無数の靴と、旅行者が引くキャリーケースの音が不快なリズムを刻む。胸がムカムカする。涼子は声を潜めて問う。

「遺書のつもりな」

正之は唇をぎりっと嚙む。血の味がした。

「びっくりしたよ。心臓が止まるかち思うた」

すまん。涼子は小声で、堰《せき》を切ったように語る。

「慌ててスマホで現在位置を確認したら、博多じゃなくて東京じゃが。もうビンタ（頭）もなんも、ちんがらっ（めちゃくちゃ）なったまま空港に行き、飛行機に乗ったと。電話どんしたら逆効果。おとうさんの天《あま》の邪鬼《じゃく》の性格から、うるさか、と怒鳴って、そんまま電車に飛び込むか、ビルから飛び降りるかして、あっさりけ死んち（死ぬと）思ったでね。直接、ひっつかまえんな、と覚悟を決めたとよ」

羽田に向かう機内の涼子の気持ちを思うと、身も心も張り裂けそうだ。おとうさん、と顔を覗き込んでくる。潤んだ瞳が切ない。

「東京で死に場所を探しておいやったとな（探していたのですか）」

かもしれん。遺書をしたためている最中、光次郎からの電話が入り、この捨てた生命が東京で少しでも役立つなら、と思ったのは事実だ。が、その直前まで、身勝手な美意識に囚《とら》われていた。

翌三月十五日、イノシシの猟期の最終日、手入れを済ませたライフルを担ぎ、山へ入ればだれにも邪魔されず、美しい霧島連山を眺めながら、頭を吹っ飛ばして逝ける。

「涼子、これは弁解になるかもしれんが――」

百パーセント弁解、いや、詭弁《きべん》である。

「焼酎に酔くろて（酔って）、ずっと我慢しとった悲しか想いをぶちまけてしもうたとよ。一人でおっと（いると）ろくなことを考えんね」

こわばった顔の筋肉を励まし、なんとか笑みを浮かべる。

「ぜんぶ吐き出したらすっきりしたど」

涼子の半信半疑の表情が胸に痛い。無理もない。便箋の内容が内容だ。万年筆で刻んだ語句を反芻する。

——妻、慶子がいなくなり、悲しく、苦しい日々が続きました。時が解決する、と慰めてくれる方もいらっしゃいますが、少なくとも私にとっては当てはまりませんでした。何を見ても、使っても、慶子を想い出してしまうのです。湯呑《ゆのみ》を見ると、うまい溝辺茶《みぞべちゃ》を飲みながら、二人でいろんな話をしたなと胸が締め付けられ、慶子の笑顔まで浮かび、がらんとした一人きりの屋敷で背を丸め、涙にくれるありさまです。情けんなか、やっせんぼの男です。

冷蔵庫を開けると、缶ビールしかない寒々とした空間にひどく気が滅入《めい》り、軽トラに慶子を乗せてAコープまで行き、二人で相談しながらカートに食料品や日用品を山ほど買い込んだ、あの幸せな日々が甦ります。

アイロンを使っても同様です。ワイシャツやスーツ、ネクタイにせっせとアイロンをかける慶子の姿が浮かびます。あの真剣な眼差しと、引き結んだ唇が、わたしの胸をどうしようもなく焦がします。

もう、きりがありません。悲しみは日毎、募るばかりです。生きていることがとても辛く、苦しいのです、まことに勝手ながら、わたしは慶子のもとへ行くことに決めました。どうか、この情けんなか、やっせんぼの男を——

ここまで記したとき、光次郎から電話が入り、己の運命は、想像もしなかった方向へ大きく舵を切った。

天の慶子の配慮なのか。慶子の愛は、世俗にまみれた横ばいのこじっくいが考えるより、ずっと尊く大きかったのか。

「じゃあ、おとうさん」

涼子が問い質《ただ》す。

「ないごて（どうして）急に東京へ来たとじゃろかい」

さすがはしっかり者の娘。見事に肝《きも》を衝《つ》いてくる。弱った。

「それはおまえ」

がんたれ脳みそをフル回転させて回答を弾き出す。これしかないじゃろ。

「再就職よ」

はあ、と口を半開きにして見つめる。

「密かに進めておったとよ」

心の中で、嘘も方便、と唱えながら告げる。

「おいも一人でずーっと霧島におっと、ばかなこつばかり考えて――」

涼子が持つ便箋に目配せをする。

「そげなおかしかもんを書いてしまう。いっそ鹿児島を離れ、東京でなんもかんも忘れて、け死んかぎい（死ぬ気で）働いてみよち思うてよ」

涼子の瞳に濃い疑念と不安。唇が戦慄《わなな》くように動く。

「どげな仕事な」

正之は微妙に視線を外し、

「知り合いの紹介で、わっぜスケールの大きか仕事じゃ。いまはまだ詳しかことは言えんが、パスポートも必要じゃね」

さすがに総理候補の秘書、とは言えない。言えば、認知症が始まった、と悲しむだろう。これ以上、ショックは与えたくない。

「ちょっと、おとうさん」

娘は父親の肩をつかみ、強引に正面を向かせる。怖いくらい真剣な表情で迫る。

「その知り合いって誰な」

「もっそな（すごい）有名人よ」

「詐欺師じゃなかかね」

言葉に詰まる。涼子は確信を持って言う。

「おとうさん、家族に内緒で東京まで呼ばれて、騙《だま》されとんね。田舎者ち思うて、舐められておるとよ。年寄りを食いもんにするよたもん（悪党）じゃが」

それは誤解じゃ。正之は抗弁する。

「舐められてはおらん。むしろおいの力量に惚れこんどる」

涼子の瞳に憐憫《れんびん》の色。霧島のおんじょは焦り、さらに言う。

「東京の宿舎も赤坂でん（でも）、六本木でん、どこでん好っな街に用意するち言うとるし、交際費も青天井じゃ」

あかさかあー？　と涼子は目を丸くする。

「こん不景気の時代、交際費も使い放題？　そげなうまか話がどこいあいもんね（どこにあると言うの）。東京には息を吐くように嘘をついて騙くらかす人間が山ほどおる。そういう類《たぐい》のうそひいごろ（大うそつき）じゃろ」

「たしかにはったりは得意じゃ。しかし、そげなひとじゃなかぞ」

やっぱいいね（やっぱりね）、と涼子は得心顔で言う。

「すっかり洗脳されとんね」

はあ？　洗脳？　このおいが？　涼子は、それ、とソフト帽を指さす。

「おとうさんはそげなひんをつける（格好をつける）ひとじゃなかった」

いや、これにはちゃんと理由があってだな。ソフト帽を片手でつかみ、ほれ、と軽く上げてみせる。

「ちょいとひっ転んで怪我したとよ。口は悪かが親切なひとが、外聞が悪かから隠せ、ちくれた」

十針縫った左側頭部の傷。涼子は目をやり、あらまあ、と驚きの表情。正之はソフト帽をかぶり直し、

「なんでんなかよ（たいしたことはない）」

「さすがじゃねえ」

涼子は感心の面持ちで言う。

「頭の傷をそげんきれいに縫う医者は鹿児島にはあんまいおらんが（あまりいないよ）。頭蓋骨があっで（あるので）わっぜ（とても）難しか。やっぱ東京の医者は、ちごね（違うね）」

正之は、えへんと空咳を吐き、

「まあ、名医と評判のドクターよ」

じゃろな、と涼子は納得顔で言う。

「でも、ひっ転んだ傷じゃなか」

総合病院の看護師は断言する。

「硬か棒状のもんで殴られんと、こげな傷にはならん」

一発で見破られた。返す言葉がない。

「そん名医さんに感謝せんとね。普通なら警察沙汰よ」

じゃね、と正之は力無くうなずく。

「東京はほんに、おとろしか（恐ろしい）」

涼子はしみじみ言う。

「今朝は八田選対委員長が演説中、拳銃で撃たれたし、凶暴な半グレも多かし、治安は悪くなる一方じゃ。おとうさん、帰ろ」

スマホを出し、操作しながら言う。

「あたしらは鹿児島が分相応よ」

やっぱ、そうかいね、と正之は蚊の鳴くような声で返す。二分後、涼子はスマホ

を仕舞い、

「これで大丈夫、行こか」

キャリーケースのバーをつかむ。飛行機の時刻を調べたのだろう。万事周到だ。

「なら、おいは霧島に戻ろうかいね」

ちがう、と涼子は首をふる。

「さすがに東京まで来てトンボ返りはせんよ。せっかくだから、にいちゃんとこへ行こう」

武のとこへ？

「おとうさんと一緒に寄りたか（寄りたい）ちラインを送ったら返事がきた。ちょうど非番じゃから、焼酎とちけ揚げ（さつま揚げ）を用意して待っとると」

正之は焦った。

「結婚して二カ月足らずの新婚ぞ。さすがに突然はまずかじゃろ」

なーんを言うちょんの、と気合の入った声が飛ぶ。行き交う人々がぎょっと目を剝く。が、涼子はかまわず、

「おとうさんに弱気の虫は似合わんど。あたしが叩き潰しちゃる」

言うなり、ぶんと右腕を振る。平手で背中をバシッと叩く。あたあー、じんと心地よい痺れが広がる。

「手塩にかけて育てた息子じゃが。気にする方がおかしかよ」

なに？　心臓がドクンと跳ねる。一瞬、慶子が現れたかと思った。声の張りも言い回しもそっくりだ。

「天国のおかあさんも、おかしな遠慮などせんと、さっさと行っきゃんせ（行きなさい）、武が首をなごうして待っとるが、ち言うちょるよ」

そうか、慶子が言うちょるか。ならば行かんな。

「にいちゃんの官舎は高円寺《こうえんじ》じゃったね。山手線で新宿まで行き、中央線に乗らんと」

涼子はさっさと歩き出す。正之はボストンバッグ片手に雑踏を縫い、後を追う。

「にいちゃん、気に病んどるよ」

一転、ぼそりと言う。

「去年の十一月、本庁から荻窪の派出所勤務に異動したこと。おとうさんが落胆して、あんまい話もしてくれん、と」

そげなこつがあるか、と否定しながらも、最近は電話もしていない。今回の上京でも、結局足が向かなかった。

「よか機会だから、誤解を解かんとね」

慶子の突然の死以来、ぎくしゃくする家族の絆を取り戻そうというのか。まこち頼りになる薩摩おごじょじゃ。慶子と同じじゃ。そいに比べて、男ん衆《し》はぐじぐじ悩んで、ほんに情けなか。

「霧島に戻ったら、おとうさんの再就職先を探さんとね」

おまえがおいの再就職先を？

「元県警じゃから信用は抜群、体力も問題なか」

熟練の就職コンサルタントのように言う。

「観光ホテルのガードマンに、Ａコープの倉庫担当、老人介護施設の送迎バスドライバー、キャンプ場の管理人。なんでん（なんでも）よりどりみどりじゃ。おとうさん、どげんな（どうですか）」

どげんな、と言われても返答に困る。頭の隅にはまだ、未練があった。八田俊成の熱心な誘い。国家を切り回す総理候補の私設秘書。野望と刺激に満ちた東京での新生活。

「まあ、あたしに任しとっきゃん（任せといて）」

丸顔に向日葵《ひまわり》のような笑みが浮かぶ。

「おとうさんには霧島がいっばん（いちばん）似合《にお》うちょるよ。ミスター霧島じゃ」

くっと苦い笑みが湧く。

「涼子、よろしゅう頼んだぞ。しっかり働くでね」

そうじゃ、分相応じゃ、こいがおいの人生よ、ちょいと年食ったミスター霧島よ、と胸の中で唱えながら歩く。

よく似た体形の小柄な父娘《おやこ》は肩を並べ、夕刻の、膨らむ雑踏に消えていく。


（了）

解説

杉江松恋《すぎえまつこい》
（文芸評論家）

おんじょがTOKYOにやってくる。

永瀬隼介『霧島から来た刑事』の続篇が刊行されると聞き、前作で心を鷲摑みにされたおんじょファンは胸を高鳴らせたことではないかと思う。

鹿児島県出身の方には説明するまでもないが、おんじょとは薩摩ことばで年配男性を指す。古賀正之は鹿児島県警の元刑事で定年退職してから約三年、霧島の自宅にて晴耕雨読《せいこううどく》の日々を送っている。その霧島のおんじょが本作の主人公だ。

ある日古賀は、切羽詰まった男が東京からかけてきた電話を受けた。彼をおやっさんと慕う若者・滝川光次郎である。光次郎が大事に思う女性、浅野弥生が何者かに拉致されてしまったのだという。血のつながりこそないものの、新しい息子と可愛がっている男の窮地は見捨てておけぬ。古賀は押っ取り刀で霧島を飛び出し、五ヶ月ぶりの東京へと駆けつけた。

と、これは頭をよぎった回想で、物語は古賀が愚連隊、今風に言えば半グレ集団に捕まって尋問を受けている場面から始まる。猪突猛進の元刑事は遮二無二彼らのアジトに突っ込んでぶん殴られ、意識を失っていたのである。このテンポの良さが永瀬作品のいいところで、事態がまず動く。説明は常に動きの後だ。元刑事とは言うものの、今は法的権限は何もなく古賀は絶体絶命である。そこに救いの手が入って話は次の展開を迎える。

物語の一類型にinnocent、無垢《むく》な人を用いるものがある。無垢とは子供のように何も知らないということで、そういう人物を複雑な人間関係に放り込むと化学反応を引き起こす。しがらみに囚《とら》われずに行動するので、それが触媒《しょくばい》となるわけである。霧島のおんじょは無垢そのもので、忖度《そんたく》からはいちばん遠いところで生きている。そんな主人公が、現代人の心をいつのまにか侵している社会的な病いと向き合い、おかしいものはおかしい、と正論をぶつけることで話は動いていく。

古賀が最初にぶつかるのは前述のとおり半グレ集団だが、それは前座に過ぎない。浅野弥生を救い出すため本当に闘わなければならなくなるのは、強大なカルト集団なのである。

　地球平和教会の教祖・クロテツこと黒田鉄之進は一九二九年生まれで、敗戦後の混乱した世情を背景に自らの教団を大きくしてきた。キリストの生まれ変わりである自分が、庶民と日本国を守ると広言し、その平和至上主義が支持を集めたのである。

　裏に回ってみれば教団のやっていることは霊感商法による露骨な金集めで、そのために多くの家庭が崩壊させられてきた。また、クロテツはえげつない好色漢《こうしょくかん》であり、幾人もの女性信者に手をつけたことからオットセイ教祖などとも揶揄《やゆ》される。こうしたスキャンダルが明るみに出て教団は存亡の危機に陥ったこともあるが、新基督霊導教会という元の名称を地球平和教会に改め、現在も公称八十万の信者を擁《よう》する巨大集団であり続けている。

　宗教団体でありながら自主憲法の制定と正規軍の保持を訴えて保守層の支持を取り付け、与党とも深い協力関係を結んでいる、とくればモデルは明らかだろう。某新興宗教団体と与党の親密すぎるつながりが明るみに出て世間を騒がせたことは記憶に新しい。与党は二〇二四年現在も火消しに努めているが、傍目にはズブズブの関係は何一つ変わっていないのは明らかで、本質的な浄化からは程遠い。

そうした権力者と一体であるような宗教団体に対し、古賀は闘いを挑むわけである。血のつながらない息子の恋人を救うため。武器にできるものは何もない文字通りの徒手空拳で。これは胸が熱くなるというものであろう。果たしておんじょは勝てるのか。

本作は二〇二〇年二月に刊行された『霧島から来た刑事』(光文社文庫)の続篇である。前作の終わりから作中時間は五ヶ月しか経っていないので、登場人物の多くは共通している。独立した物語なので、本作だけを読むことはもちろん可能だが気になる方は、ぜひお目通しいただきたい。

『霧島から来た刑事』は古賀正之が愛妻・慶子との間に授かった一人息子・武に関わる事件の物語だ。父親に倣《なら》って警察官の道を志した武は、鹿児島ではなく東京で採用試験を受け、警視庁に入った。最大の人口を誇る東京は、犯罪の発生件数や解決難度も桁違いである。狭き門を突破し、見事に警視庁組織犯罪対策部の刑事となった武を古賀は誇りに思っていたのだが、突然の凶報が届く。武が突如いなくなり、職場への連絡も途絶えたというのである。息子の一大事と慌てて上京した古賀は、武の失踪が日本一の武闘派組織〈桐生連合〉と関係していると聞かされる。元警察官とはいえお門違いの薩摩っぽである古賀に武の上司は冷やかで、情報もろくに明かしてくれない。迂闊《うかつ》な動きをされては面倒と思われたか、内海敏明なる刑事を監視役につけられ、慣れない東京の街を古賀は動き回る。

これが前作のあらすじだ。本作よりもさらに古賀は東京の街に不慣れなので、主要駅の乗り換え一つとってもまごつくことばかりである。それが小説の味になっていて、巨大都市が地方在住者の視線から再描写されていく点に趣きがある。本作と同様 innocent の物語であり、alien、余所者の小説という性格も強い。

もう一つの要素は家族の小説であるということで、古賀と慶子の息子・武に対する思いが繰り返し語られていく。その強い愛情が血のつながった者だけではなく、縁あって知り合った他人にも向けられるのがこの小説の美点である。我が子の行方を求めて彷徨《さまよ》ううちに武と慶子は、元暴力団員だったが、今は足を洗ってかたぎになろうとしているという青年・滝川光次郎と出会い、彼が悲惨な幼少期を送ったことを知る。慶子は「ないごて（どうして）弱か女子供にそげなむごかこっが（そんなむごいことが）」と涙を落とすが、光次郎は「おれのために泣いて、怒ってくれたひと、はじめてです」と驚くのである。それが古賀夫婦と光次郎の間に親子と同じような絆が結ばれるきっかけとなる。

一口に言えば情の物語であり、この世の中に罷《まか》り通るどんな理不尽よりも情愛のほうが強く、正しいということを高らかに宣言したのが『霧島から来た刑事』という作品だった。この姿勢は続篇の本作でも貫かれており、息子と見込んだ光次郎のためならば、何があろうと力にならねばならぬと古賀は即座に決意する。理屈ではなく、情ゆえにである。

ここまで書いてこなかったが、前作にはもう一つ仕掛けがある。これから読む方の楽しみを奪うといけないのでぼかして書くが、『霧島から来た刑事』とは何者なのか、ということである。題名の意味がわかるのは全体の三分の二を過ぎたあたりで、そこから小説はいきなり加速する。「ぼっけもん」とは大胆不敵で無鉄砲な者のことだというが、これぞその真骨頂というべき肚《はら》の括り方を見せられ、感嘆させられたところで幕引きとなるのだ。「刑事」の覚悟と心意気に、私は静かな感慨を覚えた。

本作の冒頭から明かされていることなので書いてしまうが、実は正・続の『霧島から来た刑事』は、古賀正之の妻に対する恋慕を描いた小説でもある。多くの読者には耳慣れないであろう「男は三年に片頬《かたふ》」という言葉が鹿児島にはあるという。男たるものにやけているのはもってのほかで、笑うにしても三年に一度、片頬でくっと笑うぐらいでちょうどいいという意である。そんな、サンネンニカタフの古賀だからもちろん慶子に対する愛情表現も不器用なものでしかなかった。薩摩男児はそれでいいのだ、という自負と、長い歳月を共に過ごした夫婦であるのに、という思いに板挟みとなって古賀はいる。そこのもどかしい思いを汲み取って読んでいただけると、本作はますます味わいが増すのではないかと思う。なるほど、だから光次郎のために火の玉となって闘うのか。同じような態度しかパートナーに示すことができていない人士はきっと古賀に共感を抱くはずである。たまにはちょっと口や態度で示してみるといいこともあると思うのだけど。

前作は敵の胴体を両断するまでは剣が止まらない示現流《じげんりゅう》のような物語だったが、今回は少し違って、力押ししようとしてもなんともならない、強大な敵に古賀たちは直面してしまう。それはつまり社会そのものということだ。社会は斬れないのである。どうしていいかわからない、手の尽くしようのない状態が物語には訪れる。

それがどのように解消されるかは、読んでのお楽しみである。

一つ書いておきたいのは、事態を動かすキーパーソンとして、与党議員の八田俊成というおもしろいキャラクターが登場することだ。国会答弁や辻演説での大言壮語《たいげんそうご》からはったりの八田の異名を取るこの男は、昭和の代議士を思わせる食えなさで、本作の登場人物中でも存在感がある。永瀬は、こういうキャラクターを書かせるとうまい作家なのだ。二〇二二年に発表された長篇『属国の銃弾』(文藝春秋)は、戦争の清算をいまだに終わらせていない現代日本のいびつさを犯罪小説の形で描き出したポリティカル・スリラーであったが、そこにも千石宗平という大物政治家が登場する。今太閤《いまたいこう》の呼び名からモデルが田中角栄であることは明らかで、清濁併《せいだくあわ》せ飲む政治家である彼の動向が中心の話題となる作品だった。人間が人間らしくあることが難しい現代と、常に懐かしく追慕の対象となる過去、その間に存在する亀裂は、永瀬小説における重要なモチーフの一つだ。

前作の作者あとがきで永瀬は傷痍軍人であった父と、生粋の薩摩おごじょであった母の思い出を語り、戦争を経てきた彼らの人生に思いを馳せている。本作は文庫書き下ろしだが、前作は月刊誌「ＢＡＮ」の二〇一八年一月号〜二〇一九年八月号に連載された「新・東京物語」を加筆修正した作品である。言うまでもなく題名は小津安二郎監督の映画『東京物語』から採られている。老夫婦が子供たちを訪ねて東京にやってくることから始まる物語だから、『霧島から来た刑事』は古賀の上京を描く小説になっているのである。現代においてはやや時代遅れになってしまった人々が主人公、そっくりそのままのモデルではないが、それは作者自身の父母にも通じる懐かしい匂いの持ち主であった。そうした話の構造を、失踪人捜しという一人称私立探偵小説に頻出するプロットに当てはめ、さらに警察小説のリアリティを与えることで斬新な作品が出来上がった。これが『霧島から来た刑事』だ。

続篇である本作は、やはり妻を思う夫の心を描きながらもう一つ、子供たちの世代へと目が向けられているのが特徴である。前作の原題「新・東京物語」は本作によって世代の橋渡しを終え、「新」の一文字をようやく全うしたことになる。その一方で、老いたりとはいえどまだまだ六十代である古賀正之も人生の玄冬と収まりかえるには早く、見事にしぶとさを発揮してくれる。前作の結末は静かな涙を誘ったが、本作では微笑みと共にページを閉じる読者も多いのではないだろうか。そういうときは片頬ではなくて、遠慮せず両頬でどうぞ。

光文社文庫

文庫書下ろし
霧島《きりしま》から来《き》た刑事《けいじ》　トーキョー・サバイブ
著者　永《なが》瀬《せ》隼《しゅん》介《すけ》

2024年3月20日　初版1刷発行

発行者　三宅貴久
印刷　萩原印刷
製本　ナショナル製本

発行所　株式会社　光文社
〒112-8011　東京都文京区音羽1-16-6
電話（03）5395-8147　編集部
8116　書籍販売部
8125　業務部

ISBN978-4-334-10237-1　Printed in Japan

組版　萩原印刷